del italiano

Diana Hamilton

Editado por HARLEQUIN IBÉRICA, S.A.
Hermosilla, 21
28001 Madrid

LA VENGANZA DEL ITALIANO, Nº 1706 - 4.10.06
Título original: The Italian's Price
Publicada originalmente por Mills & Boon®, Ltd., Londres.

I.S.B.N.: 84-671-4332-0
Depósito legal: B-36250-2006
Editor responsable: Luis Pugni
Composición: M.T. Color & Diseño, S.L.
C/. Colquide, 6 - portal 2-3º H, 28230 Las Rozas (Madrid)
Fotomecánica: PREIMPRESIÓN 2000
C/. Algorta, 33. 28019 Madrid
Impresión y encuadernación: LITOGRAFÍA ROSÉS, S.A.
C/. Energía, 11. 08850 Gavá (Barcelona)
Fecha impresion para Argentina: 2.4.07
Distribuidor exclusivo para España: LOGISTA
Distribuidor para México: CODIPLYRSA
Distribuidores para Argentina: interior, BERTRAN, S.A.C. Vélez Sársfield, 1950. Cap. Fed./ Buenos Aires y Gran Buenos Aires, VACCARO SÁNCHEZ y Cía, S.A.
Distribuidor para Chile: DISTRIBUIDORA ALFA, S.A.

Capítulo 1

DESPUÉS de indicarle al taxista que parase, Cesare Saracino bajó las largas piernas del automóvil y, con mirada oscura y decidida, se encaminó hacia la pequeña y tradicional carnicería al final de la prácticamente desierta calle principal.

El investigador que había contratado no había tenido dificultades en localizar a la madre, viuda, de Jilly Lee. Dudaba que Jilly Lee hubiera regresado a ese lugar, a un piso encima de una carnicería cerca del mercado de un pequeño pueblo galés próximo a la delimitación comarcal con Inglaterra. Para vivir, ella necesitaba lujo y verse rodeada de admiradores.

No, Jilly Lee no estaría ahí, pero su madre sabría adónde habría ido después de marcharse a hurtadillas de la villa. Era una mujer falta de escrúpulos e iba a hacerle pagar por lo que había hecho. La encontraría, la obligaría a volver a La Toscana con él para hacerla cumplir con su contrato de trabajo y la forzaría a suspender, por el momento, la búsqueda de un marido rico y su carrera de ladrona.

Sintió un dolor físico al pensar que no tendría que sujetar la riendas de Jilly Lee por mucho tiempo. Nonna cada día estaba más frágil y, a su pesar, tuvo que admitir que había mejorado visiblemente desde la llegada de Jilly Lee.

–No veo síntomas clínicos de enfermedad –le había dicho el médico de su abuela tres meses atrás, a principios de año–. Pero su abuela tiene más de ochenta años y es viuda desde hace mucho tiempo.

–Treinta años.

–Y la mayoría de los allegados de su edad deben haber fallecido. El cuerpo ya no es lo que era y a una creciente fragilidad acompaña una creciente desgana por la vida.

La idea de que su abuela se estuviera dejando le hizo rebelarse contra ello y se le ocurrió sugerirle a su abuela que contrataran a una mujer para que le hiciera compañía.

–¿Alguien que me lea mientras bordo? ¿Dos mujeres mayores hablando de lo mal educados que están los jóvenes de ahora y que me hable con añoranza de su propia y lejana juventud? –su abuela le dio una palmadita en la mano y le sonrió–. No, me parece que no.

–Alguien que te haga compañía.

–Rosa puede hacerme compañía.

–Rosa no deja de trabajar como ama de llaves. Ni siquiera tiene tiempo libre para darse un paseo contigo por el jardín y acompañarte mientras cortas flores.

Cesare recibió una mirada irónica.

–Cualquiera de los jardineros que tenemos podría recogerme si me caigo cuando estoy cortando flores... ¡si es eso lo que tanto te preocupa!

Él le tomó ambas manos en las suyas

–Paso todo el tiempo que me es posible aquí, en la villa, pero a menudo estoy fuera. Sí, claro que me preocupo por ti. Me trajiste a vivir contigo cuando tenía sólo doce años. Me criaste. Ahora, me toca a mí cuidar de ti. Además, no hay ninguna ley que diga que una mujer de compañía tiene que ser una anciana.

Él mismo había redactado el anuncio. Ofreció un salario sumamente alto, realizó las entrevistas y notó el brillo de los ojos de su abuela cuando Jilly Lee se presentó a la entrevista de trabajo.

Nada más verla su rostro le resultó familiar. Pronto recordó haberla visto en un club nocturno en Florencia cuando llevó allí a un cliente americano que había expresado interés por ir a relajarse a un lugar de ambiente. Sin embargo, todas esas chicas bonitas parecían haber sido hechas por el mismo molde: larga y rubia cabellera, labios rojos y carnosos y vestidos diseñados para realzar nalgas y mostrar piernas.

Cesare decidió ignorar esto. Cierto que la señorita Lee tenía larga cabellera rubia, pero la llevaba recogida con un lazo negro de terciopelo en una cola de caballo; respecto al vestido azul que lucía, aunque éste no podía disimular sus bonitas curvas, era discreto.

Al igual que durante las tres entrevistas previas, él se limitó a escuchar. Nonna llevaba la voz cantante y él sólo intervenía cuando sentía la necesidad de aclarar algún punto en concreto.

En principio, aquella joven parecía ideal para el puesto. Tenía veinticinco años, por lo que no era la aburrida mujer de mediana edad que su abuela no quería a su lado. Era inglesa, pero hablaba relativamente bien el italiano. Tenía excelentes referencias de una famosa tienda londinense. Había estado viajando por toda Italia, aprendiendo el idioma, sin permanecer en ningún sitio durante mucho tiempo. Ahora quería echar raíces en aquel hermoso país.

Sin apenas prestarle atención a él, su abuela y la joven charlaron con naturalidad. Por fin, Nonna le pidió a Jilly Lee que se retirase un momento ya que tenía que hablar con su nieto en privado.

–Me gusta –le dijo su abuela cuando quedaron solos–. Es joven, está llena de vida y es muy atractiva. Justo lo que necesito, ya que tú te niegas a casarte y a darme nietos. Además, con ella podré practicar mi inglés. Antes lo hablaba tan bien como tú, pero se me ha ido olvidando. Bueno, ¿qué te parece? ¿La contratamos?

Él titubeó un momento. Parecía la acompañante ideal, pero algo en ella le sonaba a falso.

Encogiendo los hombros, decidió ignorar su instinto. A Nonna le gustaba, y eso era lo principal.

–Si te gusta, adelante.

Haría lo que fuera por su abuela. Le debía mucho. Fue la primera persona que le mostró afecto; al contrario que sus padres, incapaces de sentir afecto ni por él ni entre ellos. Había sido un matrimonio de conveniencia entre dos ricas familias. Su padre había sido un hombre adicto al trabajo, y su madre se había dedicado toda su vida a gastar dinero y a pasar el tiempo con sus amantes.

Suponía que habían permanecido casados sólo por mantener las apariencias. En el mundo en el que se movían las apariencias lo eran todo.

Tras morir en un accidente, cuando la avioneta en la que viajaban juntos para asistir a una función se estrelló, él se convirtió en el heredero de un importante conglomerado con intereses en la industria petroquímica pasando por la industria hotelera, el mercado del arte y también el de las piedras preciosas.

Nonna lo había ayudado en todo. Hasta cumplir la mayoría de edad, uno de los directivos de las empresas de su padre se había colocado al frente del negocio; pero su abuela había contratado un tutor privado para que él aprendiera todo lo que tenía que saber con el fin de llevar el negocio familiar una vez cumplida la mayoría de edad.

Ahora no podía negarle nada, pero la precaución le hizo responder a su abuela:

–Voy a arreglarlo todo con el fin de pasar unas semanas aquí hasta cerciorarme de que todo va bien con tu acompañante.

Volviendo al presente, entró furioso en el corredor de la pequeña construcción y se encaminó hacia la puerta que, sin duda, le conducirían al piso encima de la carnicería. Jilly Lee había engatusado a su abuela, se había ganado su confianza; pero se había marchado cuando él le dejó perfectamente claro que no la quería en su cama y que no tenía intención de casarse. Eso sí, al irse, Jilly Lee lo había hecho con un montón de dinero que le había robado a Nonna.

Pero él iba hacérselo pagar. Con creces.

Cesare hizo sonar el timbre de la puerta.

Milly Lee encendió la luz del techo y cerró las cortinas de la ventana para no ver la deprimente y lluviosa tarde de abril. No había cesado de llover en todo el día. El pequeño cuarto de estar también era deprimente y frío. Habría preferido alquilar una habitación en vez de quedarse ahí después de la muerte de su madre, pero si lo hacía Jilly no sabría dónde localizarla, y ella le había perdido la pista a su hermana gemela cuando ésta se marchó de Florencia.

Jilly era una irresponsable, pero tarde o temprano se pondría en contacto con ella, cuando recordara que tenía una familia. Por desgracia, Jilly no se había enterado de que su madre había fallecido. Iba a sentirlo mucho.

En cualquier caso, ella tendría que permanecer allí, a la espera, hasta que Jilly llamara o apareciese.

Apartándose el rubio flequillo de los ojos, Milly abrió el periódico local que había comprado al salir del trabajo y buscó la sección de ofertas de trabajo.

Tenía que buscar otro trabajo.

Manda, su jefa, le había dicho que iba a vender el negocio. Ella y su marido querían tener hijos, a los treinta y seis años ya era hora. Le resultaría más fácil concebir sin estar yendo de la Ceca a la Meca todo el día desde el amanecer.

Sí, tenía que encontrar otro trabajo inmediatamente si quería pagar el alquiler del piso.

El timbre de la puerta la animó. Cleo, su mejor y más antigua amiga del colegio, le había dicho que iba a pasarse por su casa con una botella de vino para hablar de su futura boda. Milly iba a ser su dama de honor.

Contenta de que su amiga se hubiera adelantado dos horas, le había dicho que lo más seguro era que se pasara sobre las nueve, corrió a abrir la puerta.

De repente, se encontró delante de un perfecto desconocido. Un desconocido increíblemente guapo.

Una inexplicable sensación le recorrió el cuerpo, y se intensificó al notar una nota de triunfo en la mirada oscura de aquel hombre y en la amenazante sonrisa de sus sensuales labios.

–El disfraz no me engaña, Jilly, aunque reconozco que te sienta bien.

La profunda voz del hombre tenía un ligero acento extranjero. La había confundido con su hermana gemela, aunque ésta jamás se pondría la ropa que ella solía vestir: pantalones vaqueros viejos, jersey de lana y corta melena.

Milly sacudió la cabeza, a punto de sacarle de su error. Pero se adentró en la estancia, pasando junto a ella.

–Deberías haberte dado cuenta de que no había lugar donde esconderte. Lección número uno: no hay nadie en el mundo que pueda engañarme. Lección número dos: vas a pagar por haberlo intentado.

¡Cielos! ¿Qué había hecho Jilly esta vez? Se preguntó Milly al tiempo que él alcanzaba las escaleras y se volvió de cara a ella. Al mirarlo, se quedó sin habla.

Aquel hombre no parecía tener una gota de grasa en su cuerpo de un metro ochenta de estatura, con anchos hombros, estrechas caderas y elegantes y largas piernas. En sus oscuros cabellos perfectamente cortados relucían unas gotas de lluvia. Unos labios sensuales traicionaban la dureza de los pronunciados rasgos de su rostro. Y esos ojos marrones penetraron los suyos verdes como dos agujas afiladas.

–Mi abuela te echa de menos y no estoy dispuesto a permitir que nada la disguste. Le dije que te marchaste de la villa por un asunto familiar urgente. Le contarás lo mismo que yo –la bonita boca hizo una mueca de desagrado–. Si fuera por mí, no volverías a acercarte a la villa. Pero, por Nonna, vas a regresar conmigo mañana a Toscana. Volverás a tu trabajo, continuarás animándola y divirtiéndola; pero con una condición: nada de viajes de compras a Florencia con la disculpa de que necesita ropa nueva y, de paso, tú también; por supuesto, de diseño. ¿Entendido?

Sin esperar respuesta, él añadió con mirada gélida.

–La otra opción es la cárcel. Me encargo personalmente de las finanzas de mi abuela. ¿En serio creías que no iba a notar esas cuantiosas extracciones de dinero? ¿Que no iba a hacer averiguaciones? Tu falsificación de la firma de mi abuela pasó por el empleado del banco que ya sabía que ella prefiere pagar en efectivo a utilizar esas «diabólicas» tarjetas y que, además, te había visto acompañándola. Pero a mí no me engañaste. Hice que un experto examinara las firmas de los cheques.

Milly palideció. El corazón le latía con fuerza y se le había hecho un nudo en el estómago.

Al principio, había querido sacarle de su error, decirle que ella no era Jilly... hasta que ese hombre mencionó la cárcel, robo y fraude. Ahora no podía confesarle que no era la mujer que estaba buscando.

Jilly se había metido en un buen lío y, hasta no descubrir una forma de proteger a su hermana, no iba a decir nada.

Él se volvió y se encaminó hacia la puerta. La abrió y una ráfaga de aire húmedo entró en el edificio.

–Vendré a recogerte a las seis de la mañana. Estate lista. No intentes desaparecer otra vez, te volvería a encontrar. No lo dudes ni un momento.

Le lanzó una mirada penetrante y añadió:

–Y te aseguro que, de ser así, nada me impediría llevarte a los tribunales y verte detrás de las rejas. Quiero evitarle a mi abuela el dolor que le produciría saber que la mujer de compañía en quien había depositado su confianza y cariño es simplemente una ladrona. Pero todo tiene sus límites.

Capítulo 2

NO PUEDE obligarte a hacer eso! –gritó Cleo, con el rostro enrojecido por la cólera.

Milly sabía que su amiga tenía razón, pero quería mucho a su hermana y la conciencia no le dejaba lavarse las manos respecto a ese asunto. Ella aún seguía sentada en las escaleras, anonadada, cuando su amiga apareció con una botella de vino, muestras de tejidos y revistas con vestidos de novia.

Le había contado todo y ahora, con dos copas de vino encima de la mesa, su amiga la miraba fijamente al rostro.

–Estás loca. ¡No voy a permitirte que lo hagas! Llámalo y explícaselo todo. Ahora mismo. ¿Cómo se llama y dónde se hospeda?

Milly encogió los hombros y acarició con mirada ausente el borde de su copa.

–No lo sé. Además, no podía preguntarle el nombre, se habría descubierto todo. Está convencido de que soy Jilly, la mujer que hace compañía a su abuela. En cuanto a dónde se hospeda, no he tenido oportunidad de preguntárselo; en realidad, no he abierto la boca ni una sola vez, estaba sin habla. Él no ha hecho más que amenazarme y...

–Por eso precisamente es por lo que tienes que decirle quién eres –insistió Cleo–. Deja que encuentre a tu hermana, deja que ella pague por lo que ha hecho.

Milly comprendía a su amiga, pero dijo:

–Estoy muy preocupada por ella. Me ha dado la impresión de que ese hombre no tiene mucha paciencia, y estaba furioso. Si le dijera la verdad y reanudara la búsqueda de Jilly, es posible que acabara impacientándose y recurriendo a la justicia. Me ha dado la impresión de ser capaz de movilizar a la Interpol sin problemas y mi hermana se vería delante de un juez en un abrir y cerrar de ojos.

Le dio un vuelco el estómago y la voz le tembló al repetir:

–Mi hermana me tiene muy preocupada. Siempre ha sido obstinada, pero nunca había sido deshonesta. Estoy segura de que se trata de un error.

Lo que le ganó una ácida respuesta.

–¿No te parece deshonesto que, a la muerte de tu padre, convenciera a tu madre de hipotecar la casa, que la engatusara para invertir los ahorros de tu padre en ese salón de belleza que quería abrir y luego, cuando el negocio se fue a pique, que se marchara y dejara a tu madre con un montón de deudas, sin casa, y sin otra alternativa que alquilar y venirse a este piso inhóspito?

Así dicho parecía una muestra de puro egoísmo. A Milly se le empañaron los ojos. Pero había que reconocer que a su madre le habían encantado los planes de Jilly, aunque sólo hubiera sido por el hecho de poder tener a su hija favorita viviendo con ella otra vez. Jilly, la extrovertida y alegre de las dos gemelas, siempre había sido la preferida de todos. Por el contrario, ella, Milly, siempre había sido la callada; siempre había ocupado un segundo plano, aunque eso jamás le había importado.

Contaban dieciocho años cuando murió su padre de un inesperado ataque al corazón, dejando a su esposa desvalida y vulnerable.

Era Arthur quien siempre tomaba las decisiones, quien llevaba la economía doméstica, quicn controlaba a la familia con mano de hierro. Tras su muerte, Jilly había convencido a su madre de que le pagara un curso intensivo que le permitiera sacarse el título de esteticista. El curso era en otra localidad, por lo que su madre había gastado todos sus ahorros en ello.

–Te devolveré hasta el último penique, te lo prometo –le había dicho Jilly a su madre–. Hazlo por mí, mamá. Por mi futuro.

Su madre no se había podido resistir y era a ella, a Milly, a quien había correspondido ir a trabajar para Manda, reemplazar a su padre en el manejo de las finanzas de la casa y en organizar el traslado de la espaciosa casa de cinco habitaciones en las afueras de Ashton Lacey a una pequeña de tres detrás del mercado central.

Jilly estaba resplandeciente cuando volvió con su diploma en la mano al piso. Pero sólo pasó allí dos días, deleitándose en las atenciones de su madre, hasta marcharse a Londres para asistir a una entrevista de trabajo con una de los institutos de belleza más famosos dentro de unos conocidos grandes almacenes.

Jilly había obtenido el trabajo. Pero al cabo de un tiempo, fue cuando regresó y soltó la bomba.

–He dejado el trabajo. Quiero abrir mi propio salón de belleza aquí, en Ashton Lacey. ¡Por qué voy a trabajar por un salario de esclava cuando puedo llevarme todos los beneficios!

–¿De dónde vas a sacar el dinero? –le preguntó Milly–. Eso te va a costar mucho.

Jilly le había sonreído.

–Qué poca imaginación tienes –después, se volvió a su madre con sonrisa melosa–. Ya sabes el dicho, mamá, «para acumular hay que especular». En mi opinión, podrías hipotecar la casa y vender esos bonos del estado de papá. Podríamos ir a medias en el negocio, cada una el cincuenta por ciento; o, si lo prefieres, tú el sesenta y yo el cuarenta. Te aseguro que no te arrepentirás. Después de los dos años que he pasado trabajando en el negocio, lo conozco muy bien. Ganaríamos un montón de dinero. ¡No puedes imaginar los beneficios que produce! Podríamos saldar la hipoteca en nada de tiempo y luego a disfrutar. Di que sí, mamá. Mañana podríamos ir a ver locales.

Su madre accedió, por supuesto. Tendría al lado a su querida Jilly. Y tanto su madre como su hermana la ignoraron cuando señaló los posibles problemas.

El negocio fue a la quiebra en dos años. Como ella les había dicho a su madre y a su hermana, Ashton Lacey no estaba preparada para un salón de belleza tan sofisticado. Atraer clientela entre una población femenina formada fundamentalmente por esposas de pequeños comerciantes y de gente del campo había resultado una tarea casi imposible. Y la mayoría de las que fueron no repitieron la experiencia.

Tuvieron que venderlo todo para pagar a los acreedores. Jilly se marchó antes de que les diera tiempo a buscar un lugar donde vivir, el piso encima de la carnicería. Se fue a Italia a buscar fortuna.

Al principio recibieron algunas postales. Jilly había encontrado trabajo en un club nocturno en Florencia. Vivía en un piso bajo detrás del palacio Vecchio, estaba conociendo a mucha gente interesante, estaba aprendiendo el idioma y se estaba divirtiendo.

Desgraciadamente, no ganaba suficiente para enviar dinero a casa con el fin de ayudar a pagar las deudas. Incluso les dio el teléfono de su casa, donde podían localizarla la mayoría de las tardes a primera hora. Después, unos dieciocho meses más tarde, llegó la última postal:

¡Por fin! ¡Creo que lo he conseguido! Estoy abriéndome camino. Si lo hago bien, y no os quepa duda de que lo voy a hacer bien, podré devolverte hasta el último penique, mamá. ¡Y con intereses! Os volveré a escribir pronto y os enviaré mi nuevo número de teléfono.

Eso era lo último que habían sabido de ella.

–Mi hermana siempre ha tenido la intención de devolverle a mi madre todo el dinero perdido –dijo Milly en defensa de su hermana–. Sé que es bastante alocada, que se hace muchos castillos en el aire. La verdad es que no sé cómo pensaba pagarle a mi madre todo el dinero que le debía.

–Al parecer, robándolo –interpuso Cleo con cinismo.

A Milly le dieron ganas de abofetear a su amiga.

–Tiene que tratarse de un error. Lo sé.

Cleo sacudió la cabeza.

–No lo parece, a juzgar por lo que ese hombre te ha dicho. Es evidente que tu hermana ha escapado. No comprendo por qué insistes en defenderla.

Milly guardó silencio durante unos momentos.

Estaba demasiado enfadada. Sus ojos lanzaron chispas.

Por fin, se dio cuenta de que lo que su amiga Cleo le había dicho era con la mejor intención, por su bien. Respiró profundamente y contestó.

–Lo que ocurre es que no entiendes la clase de unión que hay entre dos hermanas gemelas. Cuando éramos pequeñas, era ella quien me cuidaba. Cuando alguien se metía conmigo, era ella la que se enfrentaba a quien fuera. En casa, si yo rompía o ensuciaba algo, era mi hermana quien daba la cara y se llevaba las culpas, y el castigo también era para ella. La quiero y le debo mucho.

–Lo siento –Cleo alargó el brazo y le dio unas palmaditas en la mano–. ¡Soy una bocazas! Lo que pasa es que me preocupa que acabes perdida en Toscana con un hombre que te odia o, al menos, cree que te odia. Además, ¿cómo crees que va a reaccionar cuando descubra que le has estado tomando el pelo?

–No va a descubrirlo –le aseguró Milly con más convicción de la que sentía–. Somos idénticas. Jilly es más llamativa porque sabe qué ropa ponerse y cómo maquillarse. Hay algunas cosas suyas en la casa, estoy segura de que no le importará que las utilice. Así que, de momento, él no va a notar la diferencia.

Milly bebió un sorbo de vino y añadió:

–Mientras él crea que soy Jilly y mientras yo

haga lo que se supone que tengo que hacer, mi hermana estará libre. Por otra parte, supongo que el trabajo de dama de compañía también conlleva vacaciones, utilizaré ese tiempo para buscarla. Lo más seguro es que dejara el trabajo de dama de compañía porque se estaba aburriendo; en cuanto al dinero, sin duda se trata de un error. Ni siquiera debe saber que el nieto de la anciana la anda buscando. Cuando la encuentre, seguro que vendrá conmigo para aclarar la situación.

–¿En serio crees que la vas a encontrar?

–Tengo que hacerlo –respondió Milly apasionadamente–. Entre otras cosas, necesito saber que está bien. Y ahora...

Milly se puso en pie y, haciendo acopio de todo su valor, ignoró el vacío que sentía en la boca del estómago.

–Venga, ayúdame a examinar las cosas que mi hermana se dejó por aquí y a elegir lo que me llevo. Por supuesto, me llevaré mi propia ropa interior. ¡Él no va a verla!

–Si no me queda otro remedio –Cleo la siguió hasta la habitación de Jilly–. Aunque estoy muy disgustada contigo, ibas a ser mi dama de honor.

Milly se dio la vuelta y dio un abrazo a su amiga.

–No te preocupes, no te vas a casar hasta dentro de tres meses. Para entonces, estaré de vuelta.

Pero horas más tarde seguía dudando de sus palabras. ¿Y si no lograba localizar a Jilly? Había llamado a Manda para despedirse de ella. Había enviado un cheque al casero por el valor del alquiler de tres meses, lo que le había dejado sin dinero.

Al día siguiente se marchaba a otro país con un hombre que la intimidaba y que la consideraba lo peor de lo peor.

De repente, se sintió como si el futuro ya no le perteneciera.

Capítulo 3

MILLY mantuvo la cansada mirada en las puertas del elegante hotel donde el italiano había pasado la noche. Al menos, ahora sabía su nombre, cosa que en cierto modo la aliviaba. Cuando el conductor fue a recogerla a su casa a las seis de la mañana, lo saludó:

–¿La señorita Lee, a quien espera el señor Saracino?

Ahora, el conductor había entrado en el hotel y pronto saldría con Saracino para ir al aeropuerto.

Cuando lo vio salir del hotel, el corazón empezó a latirle con fuerza. De ese hombre emanaba una fuerza implacable, decisión inquebrantable y dureza.

Se le hizo un nudo en la garganta. ¿Iba a poder llevar a cabo su plan?

Tenía que hacerlo. Por Jilly. No tenía alternativa. De no conseguir engañarlo, ese hombre encontraría a Jilly Lee inmediatamente y las consecuencias podían ser catastróficas para su hermana.

Mientras el conductor metía el escaso equipaje de Saracino en el maletero del coche junto a la vieja maleta de ella, el italiano le lanzó una fugaz mirada antes de subirse al vehículo y colocarse en el asiento contiguo al del conductor.

Milly sintió un gran alivio al ver que ese hombre no se sentaba a su lado. Debía temer que le contagiase alguna enfermedad incurable, ni siquiera se había dignado a saludarla.

De todos modos, cuanto mayor fuera la distancia entre ellos mejor, era un buen auspicio. Y también fue un buen auspicio que en el aeropuerto, cuando facturaron el equipaje, no notaran la diferencia entre el nombre en el pasaporte y el nombre en el billete de avión.

Pero una vez que pasaron la policía, él la miró. Detenidamente.

Sus oscuros ojos adoptaron un brillo cínico mientras la observaba de arriba abajo. Con un nudo en el estómago, Milly alzó el mentón con un esfuerzo y sostuvo la fría mirada de él mientras se convencía a sí misma de que era imposible que ese hombre notara que no era su hermana gemela.

El traje de chaqueta que llevaba, de tejido de lino color crema, era uno de los elegantes conjuntos de su hermana, apropiado para la ocasión. Unos zapatos de tacón marrones completaban el atuendo. Llevaba los cabellos cortos peinados y nada de maquillaje.

–Me alegra verte con aspecto más discreto. ¿Un acto de contrición? No, no creo. Supongo que se debe a que estás disgustada por que te haya encontrado y te vaya a obligar a pagar por tus pecados.

No entendió lo que había querido decir con eso de «aspecto más discreto» y se quedó contemplando con fascinación los anchos hombros mientras se alzaban momentáneamente en un gesto que mostraba indiferencia. Después, las facciones de él volvieron a endurecerse y añadió:

–Dirás que tuviste que marcharte de repente por un problema familiar, le pedirás disculpas a mi abuela por no haberla llamado durante tu ausencia y continuarás haciéndole compañía hasta que se te deje de necesitar. No recibirás ningún sueldo de mí; con lo que se te debería pagar por el trabajo, repondrás el dinero que has robado. ¿Entendido?

Milly asintió angustiada. ¡No iban a pagarle un sueldo!

Después de pagar el alquiler de tres meses por adelantado, prácticamente no le quedaba dinero en su cuenta bancaria. No podía utilizar una tarjeta de crédito porque no podría pagar la deuda. Sin dinero, con apenas un billete de cinco libras en el bolsillo, no podría emplear el tiempo libre del que dispusiera en buscar a su hermana.

Intentando evitar que se le notara el estado de agitación en el que se encontraba, tratando de comportarse como lo haría Jilly en semejantes circunstancias, preguntó:

–¿Dispondré de algún tiempo libre? ¿O se me va a encerrar en mi habitación cuando su abuela no me necesite, señor Saracino?

Él enarcó las cejas.

–Qué formal. No me hablabas así la noche que entraste en mi habitación y te dispusiste a meterte en mi cama.

Cesare Saracino se dio media vuelta al oír el número de su vuelo por los altavoces, por lo que no vio la expresión de incredulidad de ella, que no había recibido respuesta a su pregunta.

Envuelta en el lujo de la sección de primera clase del avión, a Milly le daba vueltas la cabeza. Miró a Saracino que estaba examinando unos papeles que había sacado de su portafolios y volvió la cabeza inmediatamente. Una extraña sensación se le agarró al estómago al pensar que Jilly y el italiano habían sido amantes.

¿Por qué estaba tan sorprendida? Su hermana había tenido varias aventuras amorosas, pcro ninguna duradera. Ninguna de más de un mes o dos. Jilly se aburría con facilidad.

¿Había sido diferente en esta ocasión? ¿Se había enamorado Jilly del guapo italiano? Ella, con las mejillas cada vez más enrojecidas, podía entenderlo. Era un hombre irresistible, magnético. Podía ser dinamita en el papel de amante. ¡Totalmente irresistible!

¿Había pensado su hermana que Saracino también la amaba? ¿Había esperado que se casara con ella? ¿Había estado convencida de ello? Eso explicaría lo que les había dicho en su última tarjeta, que estaba segura de poder devolverle a su madre todo el dinero pronto y con intereses. Se notaba que ese hombre era muy rico, y ese hecho podía explicar que la despampanante Jilly tomara el trabajo de dama de compañía de una anciana. Para estar cerca del hombre al que amaba y con el que esperaba casarse, para estar disponible.

Y se había marchado a escondidas, con el corazón destrozado, al descubrir que él no tenía intención de casarse con ella... ¿no?

No podía estar segura de que fuera eso lo ocurrido hasta no encontrar a su hermana. Pero era plausible.

Disgustada por los problemas de su hermana, a quien ese hombre sin sentimientos había perseguido y todo debido a un error, se juró a sí misma encontrar a Jilly y limpiar su nombre.

Durante la infancia, su hermana siempre la había cuidado. Ahora ella iba a pagar la deuda que tenía con Jilly.

Milly se despertó cuando él le tocó el brazo.

–Abróchate el cinturón de seguridad, vamos a aterrizar ya.

Milly obedeció, aunque resintió su tono autoritario. Conteniendo bostezos, le siguió en silencio. Cesare Saracino no volvió a hablarle hasta después de salir del aeropuerto de Pisa y encontrarse en una de las blancas carreteras de Toscana.

–Aunque no sé por qué, mi abuela se ha encariñado contigo –dijo él con acritud–. Dio un bajón cuando te marchaste, así que no quiero que hagas o digas nada que pueda disgustarla. ¿Está claro?

–Perfectamente claro.

Él le lanzó una mirada de soslayo.

–No sé por qué parece como si te fueran a degollar. Deberías dar las gracias por haberte librado de la justicia. Te aseguro que, si no fuera por el cariño que mi abuela te ha tomado, ahora llevarías unas esposas en las manos.

Milly respiró honda y quebradamente. ¡Le encantaría estrangular a ese hombre! Una encarnada cólera le tiñó las mejillas. Si Jilly estuviera en su lugar y fuera la víctima del desdén de ese hombre, se desenamoraría de él en un abrir y cerrar de ojos.

No podía contestarle sin arriesgarse a que la descubriese, por lo que se enderezó en el asiento a modo de respuesta.

En otras circunstancias, estaría disfrutando del paisaje mientras recorrían la carretera en el coche deportivo bajo el sol de Toscana y respiraban el aroma de los cipreses y los limoneros.

Por fin salieron de la carretera principal y tomaron una estrecha que les condujo hasta las puertas de una verja de hierro forjado tras las que se veía una impresionante casona de piedra.

¿Se daría cuenta la abuela de Saracino de que ella no era Jilly? En Inglaterra, se había convencido de que sólo con ponerse la ropa de su hermana evitaría que el italiano siguiera buscándola hasta encontrarla y la acusara de fraude y robo. Ahora ya no estaba tan segura.

Se bajó del coche cuando el italiano detuvo el vehículo delante de la doble puerta de madera de la casona y le daba las llaves a un enjuto hombre que apareció de repente sin que Milly supiera de dónde había salido.

–Stefano llevará tu equipaje a tu habitación. Espera en el vestíbulo mientras yo voy a avisarle a Nonna de tu regreso.

¡De ninguna manera!

Con actitud sumisa en apariencia, Milly lo siguió hasta el vestíbulo enlosado de mármol; después, vio la elegante figura de Saracino desaparecer tras unas puertas de madera tallada.

Pero en el momento en que Stefano empezó a subir la curvada escalinata, ella lo siguió, felicitándose a sí misma por haber desobedecido las órdenes del amo. Era la única forma que tenía de saber dónde se encontraba la habitación de Jilly sin ponerse en evidencia.

Cuando la escalera se dividió en dos, siguió a Stefano que dobló a la izquierda, por un corredor del que colgaban numerosos cuadros de retratos y paisajes, y contó las puertas a izquierda y derecha.

Stefano abrió la tercera puerta a la derecha.

Conteniendo una exclamación de deleite, Milly entró en la habitación que había ocupado su hermana temporalmente. Era la habitación más bonita que había visto en su vida, con el suelo enmoquetado en color crema al igual que las paredes, mobiliario antiguo y la cama más exquisita que se pudiera imaginar, con la colcha de satén color palo de rosa haciendo juego con las cortinas. Eso sin mencionar el artesonado del techo con flores, ángeles y pájaros exóticos.

Después de dejar el equipaje encima de un arcón a los pies de la cama, Stefano dijo en pasable inglés:

–¿No utiliza la bonita *valigia* que la señora compró para usted?

Cuando Stefano reposó la mirada en la vieja maleta, Milly comprendió el significado de las palabras del hombre y respondió improvisando:

–No quería que se me estropeara.

Lo que le ganó una sonrisa de aprobación por parte de Stefano que, a los cinco segundos, se volvió y salió de la habitación. Fue entonces cuando Milly se dio cuenta de que estaba frente a su imagen reflejada en un inmenso espejo de pie.

Contemplándose, no pudo creer que Saracino no se hubiera dado cuenta del engaño. Físicamente, Jilly y ella eran idénticas; pero mientras su hermana proyectaba una absoluta confianza en sí misma, a ella le ocurría todo lo contrario.

Al momento, enderezó los hombros y se apartó

el flequillo de los ojos. Eran unos ojos carentes de artificio. Desgraciadamente, Jilly no había dejado en la casa ningún cosmético, sólo la ropa de la que se había cansado. Por lo tanto, Milly se había tenido que conformar con su acostumbrada crema hidratante y el carmín de labios color rosa que apenas usaba. Completamente distinto al carmín escarlata, el rímel, el maquillaje, la pintura de ojos y un montón de cosméticos más que su hermana acostumbraba a exhibir en el rostro.

No le extrañaba que Saracino hubiera hecho un comentario respecto a su aspecto discreto.

Iba a tener que esforzarse más. Tenía que comportarse, caminar y hablar como su hermana; de no ser así, acabarían por descubrirla. La idea la asustó tanto que le provocó náuseas mientras volvía al enorme vestíbulo.

Donde Saracino la estaba esperando, paseándose con impaciencia y evidente desagrado.

–Te había dicho que esperases aquí –le dijo encolerizado.

Milly enderezó la espalda, aunque atemorizada por dentro. No obstante, no estaba dispuesta a permitir a ese ogro con aspecto de Adonis que le hablara así, al margen de cómo pudiera responder su hermana.

–Es cierto. Pero necesitaba ir al baño –respondió Milly con serenidad–. Ahora, será mejor que me disculpe delante de Nonna.

–Nonna no es tu abuela. No voy a permitir que

una persona como tú le hable como si fuera de la familia –Cesare Saracino hizo una mueca de displicencia–. La llamarás Filomena, como solías hacer; pero delante de los criados, cuando hables en su nombre o te refieras a ella, la llamarás señora Saracino.

La equivocación le había ganado una valiosa información, pensó Milly mientras Saracino la conducía hasta una puerta de madera tallada que daba a un cuarto de estar de exquisitas proporciones.

Altas ventanas abiertas conducían a un balcón con parapeto de piedra por el que entraban los rayos del sol que iluminaban extraordinarios muebles de marquetería. Pero Milly no fijó la atención en la evidente grandeza de la estancia, sino en la sonriente anciana, diminuta en aquel enorme sillón en el que se encontraba, con los brazos abiertos.

–¡Jilly! ¡Qué traviesa, desaparecer así sin despedirte! –la calidez de la sonrisa disipó cualquier recriminación que pudiera advertirse en aquellas palabras–. Ven, deja que te mire.

Consciente del par de ojos negros que le taladraron la nuca, Milly se acercó a la anciana, temerosa de poder ser descubierta.

Unos frágiles dedos se aferraron a los suyos y la intensidad del afecto de la anciana le recorrió el cuerpo, haciéndole contener un sollozo debido a que el objeto de semejante cariño no fuera ella, sino su hermana. Jilly, la niña prodigio, la niña capaz de encantar a cualquiera.

–Te has cortado el pelo. ¿Por qué, cariño?

A pesar de que su hermana nunca se ruborizaba, Milly no pudo evitar el sonrojo de su rostro. Le dolía tener que mentir a aquella encantadora anciana.

–Como pronto llegará el verano, me pareció una buena idea –a sus espaldas, oyó el cínico resoplo de Saracino.

Él creía que lo había hecho por cambiar de imagen.

–Muy práctico –aquella cabeza gris asintió–. Te sienta bien. Se te ve más joven. ¿No te parece a ti también, Cesare?

La pregunta no provocó respuesta. La anciana soltó las manos de Milly.

–Vamos, acerca una silla y háblame de los problemas familiares que provocaron tu marcha.

En silencio, Cesare colocó una silla delante, aunque ligeramente a un lado, de donde su abuela estaba sentada. Después, él cruzó la habitación hasta apoyarse en una enorme chimenea de mármol cruzando los pies.

Podía parecer distendido, pero no lo estaba. Esos ojos oscuros y hostiles no la abandonaron ni un momento, advirtió Milly mientras ocupaba su asiento. La estaba observando como un halcón, asegurándose de que no dijera ni hiciera nada que pudiera disgustar a su abuela.

–Ha debido ser algo importante, ¿no? –insistió Filomena–. De no ser así, te habrías despedido de mí o me habrías telefoneado para explicarme qué pasaba.

La voz de la anciana tembló y se interrumpió antes de continuar.

–Te he echado mucho de menos. Los días se me han hecho mucho más largos sin ti –la mirada de la mujer ensombreció–. Si Cesare no hubiera ido a buscarte a Inglaterra, ¿habrías vuelto?

A Milly se le hizo un nudo en la garganta, incapacitándola para hablar.

Fue Cesare quien rompió aquel gélido silencio al interponer:

–No te angusties, Nonna. Estoy seguro de que Jilly te dará todas las explicaciones necesarias. ¿Verdad, Jilly?

Capítulo 4

DE REPENTE, Milly oyó su propia respiración. Demasiado agitada.

Tragó saliva y se miró las cortas uñas. Entonces, cerró la mano en un puño con el fin de ocultarlas, porque Jilly siempre llevaba las uñas largas y perfectas.

Una crisis familiar inventada estaba fuera de lugar. Amontonar mentiras no tenía sentido. Además, ¿no había atravesado varias crisis familiares últimamente? La desaparición de su hermana y la muerte de su madre.

El fallecimiento de su madre un mes atrás había sido lo peor. El recuerdo de aquel día nefasto le llenó la voz de emoción al responder.

–Mi madre murió sin que nadie lo esperase –a veces, le parecía que había sido ayer.

Los ojos se le llenaron de lágrimas. Aún lloraba la pérdida. A su dolor se añadía el hecho de no haber podido ponerse en contacto con su hermana, de haber tenido que enterrar a su madre sola, sin ningún apoyo emocional.

Se hizo un silencio espeso. Luego...

–Oh, querida, qué desgracia. Ha debido ser terrible –Filomena se inclinó hacia delante y volvió a tomarle las manos en las suyas, su mirada llena de ternura–. Haces que me avergüence de mis quejas. Ahora comprendo que no me hayas llamado, has debido estar muy ocupada y muy triste. Sí, lo comprendo perfectamente. Por favor, discúlpame por dudar de tus intenciones.

Ahogando un sollozo, Milly respondió con voz ronca:

–Sí, por supuesto.

La presión de aquellos frágiles dedos en los suyos aumentó al tiempo que Filomena lanzaba una punzante mirada en dirección a su nieto.

–Espero que Cesare no te haya presionado para volver a toda prisa sin que estuvieras preparada para hacerlo.

Milly no podía revelar lo que había ocurrido, pero la anciana le libró de tener que responder con una mentira.

–Ya sé que me dijiste que tu hermana es muy práctica y aburrida, incapaz de exhibir el mínimo de imaginación o sensibilidad, pero... ¿no necesitará compañía? Debe sentirse sola sin ti, especialmente en estos momentos tan tristes.

–Está bien –contestó Milly con voz neutra y mejillas encendidas.

¿Era así como su hermana la veía, como una persona práctica, aburrida, carente de imaginación y sensibilidad? Le dolió mucho.

Cesare se acercó a su abuela y se colocó a su espalda, la mirada que le lanzó a ella fue inquisitiva. Lo que empeoró mucho la situación.

La anciana volvió la cabeza brevemente hacia él y luego, volviéndose de nuevo, le sonrió a ella.

–Invitaremos a tu hermana para que pase unas vacaciones con nosotros. ¿Te parece bien el mes que viene? Antes de que se nos eche encima el calor. Mayo es un mes precioso. Os vendrán bien a ambas unas vacaciones, y a mí me encantará teneros a las dos haciéndome compañía.

Equivocando la causa de la expresión de horror de Milly, la anciana se apresuró a añadir:

–Por supuesto, no espero que estéis pendientes de mí todo el tiempo. Dispondréis de uno de los coches para ir a hacer turismo, ir de compras o lo que queráis. Y ahora, si me disculpas, voy a ir a descansar un rato antes de la comida. ¿Por qué no aprovechas para llamar a tu hermana y decirle que has llegado bien? Podrías comentarle también lo de las vacaciones. Convéncela. Y luego descansa tú también del viaje antes de la comida.

Filomena se levantó despacio de la butaca y Cesare le tendió un bastón.

Entonces, Milly notó aprensivamente la penetrante mirada oscura de él en la suya mientras le lanzaba un torrente de palabras en italiano.

Con angustia, mordiéndose el labio inferior, Milly recordó haber leído en una de las postales de su hermana que estaba aprendiendo a hablar italiano.

¿La iban a descubrir tan pronto, con tanta facilidad? Se hizo un espeso silencio cuando ella no logró responder a lo que él le había dicho.

–Vamos, Cesare –sin saberlo, Filomena acudió en su ayuda–. Ya sabes las reglas. Sólo inglés.

–Por supuesto, Nonna. Perdón –Cesare inclinó la cabeza y Milly estaba segura de que, disimuladamente, estaba sonriendo–. Lo repetiré en inglés. Jilly, ¿quieres darme el teléfono de tu casa? Podría marcar yo que conozco los códigos, así te resultaría más fácil.

–No es necesario –respondió Milly con voz débil, luego sonrió a Filomena–. Te acompañaré hasta tu habitación antes de llamar.

Luego, lanzó una desafiante mirada a Cesare.

–Milly no habrá vuelto todavía del trabajo. Además, antes de ir a casa tendrá que hacer algo de compra.

No tenía intención de hacer esa absurda llamada y, con la sensación de haber salvado un momento de peligro, acompañó a la anciana a las habitaciones que tenía en la planta baja y se despidió después de asegurarle que ella también descansaría un rato.

Volvió a la habitación que su hermana había ocupado, se sentó en el borde de la enorme y opulenta cama y apoyó la cabeza en ambas manos.

En Inglaterra, angustiada por la posibilidad de

que denunciaran a su hermana, a pesar de estar segura de su inocencia, había creído en la necesidad de aquel engaño aunque sólo fuera para disponer del tiempo suficiente para encontrarla, hablar con ella y dejar que aclarase aquel malentendido.

No quería que el cruel Cesare fuera el primero en encontrar a Jilly, porque se negaría a escuchar cualquier cosa que pudiera aducir en defensa propia y la tendría entre rejas en nada de tiempo.

¡Y seguía sin quererlo! Pero aquel engaño le estaba haciendo sentir vergüenza de sí misma. Y no por Cesare, eso seguro. Ese hombre era un animal que había destrozado el corazón de su hermana, y se había acostado con ella haciéndola creer que se casarían. Después, la había dejado. Al menos, eso era lo que parecía haber ocurrido. ¿Por qué si no iba Jilly a desaparecer?

Pero engañar a una amable y encantadora anciana era denigrante. Le remordía la conciencia. No podía hacerlo.

Iba a tener que confesar.

Cesare colgó el teléfono después de la segunda llamada y pivotó la silla giratoria delante del escritorio de cuero con el fin de cruzar con la vista las altas ventanas y pasear los ojos por la verde zona de césped que recorría ininterrumpidamente el terreno hasta la valla de piedra.

Las sombras se prolongaban mientras el sol

crepuscular descendía en el horizonte. Más allá del muro de piedra veía el nebuloso amatista de las distantes colinas, las más próximas en terrazas y rodeadas de granjas y casas con paredes pintadas en ocre.

Sus angulosas cejas se arquearon mientras respiraba profundamente. Luego, apartó la mirada de la vista que siempre lo calmaba, se giró hacia el escritorio y tendió la mano para agarrar su agenda.

Estaba tratando de resolver el enigma que presentaba la acompañante de su abuela. Había muchas cosas respecto a Jilly Lee que no concordaban.

Estaba muy callada, casi amagada, en vez de parlanchina y animada. Llevaba las uñas cortas y sin barniz, y el rostro sin maquillar.

Todo ello podía atribuirse a la desagradable sorpresa de que la hubiera encontrado y obligado a volver a Italia con el fin de que con el trabajo cubriera la cantidad de dinero que había robado. A lo que había que añadir la pena de haber perdido a su madre, había quedado patente que el sufrimiento era auténtico. Eso no tenía nada de extraño.

Sin embargo, siempre había poseído facilidad para juzgar el carácter de las personas, y pronto se había dado cuenta de que Jilly Lee era una mujer completamente superficial e incapaz de sentir nada por nadie que no fuera ella.

Por otra parte, no le había pasado desapercibido el gesto de desaliento que había cruzado el rostro de aquella mujer al hablarle en italiano. Jilly Lee no lo hablaba mal del todo.

Era verdad que Nonna había impuesto la regla de hablar sólo en inglés con la esperanza de recuperar su fluidez en ese idioma. Y había dado resultados, su abuela volvía a hablar esa lengua muy bien.

Pero la acompañante de su abuela siempre se había dirigido al servicio en italiano y también le había hablado en ese idioma cuando se quedaban solos, una situación que había buscado con tediosa regularidad.

En ese caso, ¿por qué no parecía haber comprendido ni una sola palabra cuando le preguntó sobre la llamada telefónica?

Algo no cuadraba.

Apretó los labios y pasó las hojas de la agenda hasta encontrar el teléfono que quería. Había formas de descubrir el misterio. Ya tenía dos investigadores trabajando en ello. Uno en Inglaterra, el que había encontrado la dirección de la madre de Jilly Lee, el otro seguía el rastro de ella en Italia.

También él podía hacer una cosa con el fin de llegar al fondo de aquel asunto, pero no podía hacerlo allí.

Agarró el auricular del teléfono y pulsó los botones.

–Condesa...

* * *

El comedor era magnífico, pero Milly no podía comentar sobre las maravillosas pinturas del techo ni los candelabros venecianos iluminando la pulida mesa porque Jilly ya conocía el interior de la casa.

Tampoco tenía el ánimo para apreciar los exquisitos platos de porcelana ni la cubertería ni la cristalería, porque...

Los remordimientos y el sentimiento de culpa no se lo permitían. Había tomado la decisión de contárselo todo a Filomena, pero a solas, cuando no estuviera a su lado el cínico de su nieto. La cólera de ese hombre no le permitiría presentar ningún argumento a favor de su hermana.

Pero estaba segura de que Filomena la escucharía. La anciana, vestida con seda color violeta y adornada con un collar de brillantes, no cesaba de hablar. Cesare comentó lacónicamente:

–Estás muy animada esta noche, abuela.

La anciana alzó su copa y respondió:

–Es porque Jilly está conmigo otra vez, entreteniéndome y evitando que me muera de aburrimiento.

–Algo, por supuesto, que yo no puedo conseguir –contestó Cesare con cariño y cinismo.

–¡Por supuesto que no! –los ojos de Filomena brillaron traviesamente–. Nos gusta hablar de cosas de mujeres. Además... tú casi siempre estás de viaje. Aunque he notado que cuando Jilly vino a vivir con nosotros, antes de marcharse a Inglaterra, apenas abandonabas la villa.

Al oír aquellas palabras, Milly se preguntó si Filomena había adivinado que Cesare y Jilly se habían hecho amantes y, en secreto, daba su aprobación. Quizá la anciana esperase que su nieto se casara con su hermana.

Este hecho reafirmó su convicción de que debía hablar con Filomena y explicárselo todo, estaba segura de que la anciana la escucharía y la apoyaría en la defensa de su hermana. Filomena sentía un sincero cariño por Jilly. Y, evidentemente, Jilly había hecho eso que se le daba tan bien, utilizar sus encantos con el máximo provecho.

Sí, Filomena negaría rotundamente que Jilly había falsificado esos cheques, explicaría que los había firmado ella misma y el porqué de dárselos a Jilly para canjearlos.

Envalentonada, Milly alzó la mirada y se encontró con los ojos de Cesare fijos en ella con una intensidad que la estremeció. La sonrisa que le dedicó fue pecaminosa y provocó en ella extrañas y desconocidas sensaciones.

El estómago le dio un vuelco, igual que le había ocurrido hacía un rato, cuando Cesare entró en su habitación.

Había entrado tras llamar a la puerta con un golpe seco, pero sin esperar respuesta. Ella estaba en ropa interior. Con el rostro encendido, agarró rápidamente la bata de seda negra de su hermana para cubrirse. Azorada, preguntó:

–¿Qué quieres?

Apoyándose con su acostumbrada elegancia en el marco de la puerta, Cesare estaba magnífico. Moreno, serio e increíblemente atractivo con el traje de chaqueta para cenar. No le extrañaba que Jilly se hubiera enamorado perdidamente de ese cruel Adonis.

–Recordarte que cenamos temprano, a las siete y media... por si lo habías olvidado. Ya vas con retraso.

–No, claro que no lo había olvidado –contestó Milly.

¿Cómo podía olvidar algo que no sabía?

–Me había quedado dormida –mintió ella a modo de excusa.

En realidad, había pasado casi todo el tiempo examinando la lujosa habitación con cuarto de baño privado, abriendo cajones y puertas para ver si Jilly había dejado atrás alguna pista de las condiciones de su marcha.

No había encontrado nada, ni una horquilla. Desconsolada, se había dado un baño y luego había elegido un vestido negro entre las prendas que alguien del servicio había dejado allí al deshacer la maleta. Después de vestirse, había pensado en ir a hablar con Filomena.

–Y me retrasaré aún más si no te vas y dejas que me vista.

–Te esperaré.

Cesare se adentró en la habitación y ella, alzando el mentón con gesto obstinado y mirada colérica, retrocedió hasta el cuarto de baño y cerró de un portazo.

¿Quién demonios se creía que era?, se preguntó enfurecida. Además, ahora no podía hablar con Filomena antes de la cena como había pensado hacer.

Mientras se vestía intentó calmar sus nervios. Como acompañante de Filomena, tendría tiempo al día siguiente de hablar a solas con ella. Le habría gustado desahogarse aquella misma tarde, pero tendría que esperar.

Al menos, Cesare no había descubierto que no era la verdadera Jilly. De haberlo hecho, la habría echado a patadas de la villa sin darle ocasión para hablar con Filomena.

De cara a una de las paredes cubiertas de espejos del baño, Milly vio que su rostro estaba completamente enrojecido, resultado de la mezcla de su cólera, frustración e incapacidad para subirse la cremallera del vestido negro.

Entonces, con suma irritación, vio aparecer el rostro de Cesare a sus espaldas reflejado en el espejo.

–Permíteme –con un movimiento preciso, Cesare le subió la cremallera rozándole suavemente la piel con los dedos–. Creía que te había pasado algo.

Milly vio la burlona sonrisa de él. ¿Acaso creía que estaba pensando en escapar por la ventana con la plata de la familia debajo del vestido?

Vio el reflejo de los ojos de Cesare paseándose por su cuerpo y las piernas le temblaron. El vestido se le ceñía como una segunda piel. Jilly siempre vestía ropa ceñida, al contrario que ella, que prefería desviar la atención de las generosas curvas de sus caderas, estrecha cintura y amplios senos.

Echándose hacia un lado rápidamente, Milly se dio media vuelta y regresó al dormitorio, se calzó unos zapatos de tacón y salió de allí con él camino al comedor.

Y era ahí donde ahora se encontraba, haciendo esfuerzos por comer y respondiendo a los comentarios de Filomena que, por suerte, pronto llegarían a su fin dado que la cena estaba a punto de terminar.

Cesare, reclinado en su asiento y con una copa de vino en la mano, había contribuido poco a la conversación. Se había limitado a observarla, haciéndola desear que se la tragara la tierra.

Una mujer corpulenta vestida de negro y una niña entraron, y Filomena se puso en pie en ese momento.

–Yo no voy a tomar café, gracias, Rosa. Creo que voy a retirarme, demasiadas emociones hoy.

Pero Cesare se levantó también y, con suavidad, ayudó a su abuela a sentarse otra vez.

–Espera un momento. Tengo una sorpresa para ti.

–¿Agradable? –Filomena sonrió a su nieto con gesto travieso.

–Creo que sí –respondió él con cariño–. Amalia va a venir mañana. Tiene pensado pasar aquí dos semanas. Al parecer, llevaba seis meses recuperándose de las cirugías de estética que se ha hecho.

–¡Amalia! ¡Qué maravilla! –la expresión de la anciana mostraba un gran placer. Entonces, sonrió a Milly–. La condesa de Moroschini es mi más antigua amiga y es increíble. Te va a gustar, ya lo verás.

–De eso precisamente quería hablarte, Nonna –Cesare se volvió a Milly, la expresión de ternura con que había mirado a su abuela desapareció inmediatamente–. Como Amalia va a estar aquí haciéndote compañía y divirtiéndote con sus locuras, he pensado robarte a Jilly una semana para llevarla a la isla con el fin de que descanse y se recupere de la mala época que ha pasado.

Cesare se volvió de nuevo a su abuela y a Milly un escalofrío le recorrió el cuerpo.

–Es decir, ¿si te parece bien, Nonna?

–Me parece una idea excelente –el rostro de Filomena se iluminó y así permaneció mientras se ponía en pie de nuevo.

Milly llegó a la conclusión de que su sospecha se acababa de ver confirmada. La señora Saracino estaba enterada de la relación entre Jilly y su nieto, y esperaba que tuviera un final feliz.

Indecisa, sin saber si confesarle a la anciana la verdad y estropearle la fiesta o seguir con el engaño unos días más al tiempo que intentaba buscar a su hermana de un modo u otro, Milly también se levantó de la silla.

–Deja que te acompañe.

–¡Ni hablar! –Filomena ya había llegado a la puerta mientras la joven sirvienta servía el café–. Me las arreglo perfectamente yo sola. Tómate el café y haz planes para tu visita a la isla.

Sin haber podido escapar, Milly retomó su asiento y aceptó el café que Cesare le ofreció.

–Estate lista para las seis y media –tras esas palabras, Cesare salió del comedor.

Milly tembló. Iba a estar en una isla con él. Allí no podría buscar a su hermana. Tampoco podría hablar con Filomena. Sola con él. Y Cesare, sin duda, le hablaría en italiano y se descubriría todo.

Se enteraría de que ella no era Jilly.

¡No quería ni pensar en lo que sucedería entonces!

Capítulo 5

YA SE HABÍA resuelto el misterio.

Ahora todo se explicaba, desde su expresión de total incomprensión al hablarle en italiano hasta el enrojecimiento de sus mejillas cuando él entró en su dormitorio y la sorprendió en ropa interior. La Jilly que él conocía no era nada tímida.

Sintiéndose triunfal, Cesare aterrizó en el pequeño helipuerto que había hecho construir al oeste de su isla, en la zona rocosa desde la que podía verse el monte Elba a lo lejos, en el continente.

Mientras esperaba a que las hélices se detuvieran, giró en su asiento y miró a su acompañante.

¡Mentirosa, tramposa! Se preguntó cómo se le había ocurrido a esa mujer pensar que podría engañarlo de esa manera y también se preguntó qué pretendía conseguir con ello.

Ella miraba hacia el frente, con los hombros rígidos bajo la camisa azul de seda, unos pantalones blancos ceñidos completaban el conjunto. No le había dirigido la palabra desde que salieron de la villa, ni siquiera para preguntarle adónde iban. Lo único discernible en la mujer era la expresión de aprensión que sus verdes ojos no podían disimular.

Comprendía su temor. Ella tenía miedo de que la descubriese. Y con razón.

El investigador que había contratado en Inglaterra lo había llamado por teléfono cuando estaba en el helipuerto, en el continente, a punto de subirse al helicóptero. Lo que el investigador le había dicho no lo sorprendió, aunque sí lo enfureció. Desde el viaje de Londres a la villa, había albergado sospechas.

El investigador en Inglaterra le contó, sin andarse con rodeos, que eran dos.

Jilly Lee y Milly Lee.

Gemelas. Idénticas.

En el helipuerto, su primer impulso había sido enfrentarse a la impostora, decirle cuatro cosas y dejarla ahí plantada. Que se las arreglara como pudiera para volver a Inglaterra.

Pero el sentido común fue más poderoso que la momentánea furia de la que se había visto presa.

Regresar a la villa y explicarle todo a su abuela sería un duro golpe para ésta. No podía hacerlo. Tenía que esperar. No podía arruinar la satisfacción y la alegría de su abuela por el momento debido a la llegada de su amiga y a saber que volvía a contar con su dama de compañía.

Nonna estaba muy mayor y vulnerable, y él la quería con locura. Deseaba prolongar ese estado de felicidad momentáneo de su abuela.

–Puedes apearte ya –dijo él en tono suave, aunque su mirada fija en las deliciosas facciones de ella era cruel.

Las hermanas eran idénticas físicamente, pero ésta, Milly, daba muestras de una vulnerabilidad carente por completo en la otra hermana. Con su corto cabello rubio y sus extraordinarios ojos verdes, tenía un aspecto casi infantil. Pero no había nada de infantil en los llenos pechos, diminuta cintura y pronunciadas caderas.

Exquisitas por fuera; sin embargo, por dentro, ambas estaban podridas. Ésta, Milly, debía ser tan falta de escrúpulos y egoísta como su hermana gemela.

Sin pronunciar palabra, ella asintió levemente con la cabeza y se desabrochó el cinturón de seguridad.

Debía estar asustada. Y tenía motivos para estarlo. Debía temer que él la bombardeara con palabras en italiano hasta forzarla a confesar su verdadera identidad.

Cesare sonrió victorioso. Su plan era tranquilizarla primero, erradicar sus temores hasta envolverla en una falsa sensación de seguridad; después, atacar brutalmente, desvelarle que sabía quién era. No era muy ético, lo reconocía, pero no iba a permitir que nadie jugara con los sentimientos de su abuela sin recibir su merecido.

* * *

Hecha un manojo de nervios, Milly vio a Cesare agarrar la vieja maleta de ella y luego echarse a la espalda su mochila antes de comenzar a andar. Ella lo siguió.

Milly no tenía idea de por qué la había llevado ahí. Cualquiera que fuera la razón, no esperaba que fuera buena. Desde luego, no era por su bien. Cesare la consideraba una ladrona, una estafadora; por su parte, ella, en su papel de Jilly, no lo había negado, aunque esperaba limpiar el nombre de su hermana. Se había limitado a seguirle el juego a ese hombre ya que no veía otra forma de evitar que Jilly se viera víctima de la justicia.

Pero albergaba un profundo temor a ser descubierta pronto; en cuyo caso, la búsqueda de la verdadera Jilly Lee se haría aún más implacable.

Entreteniendo estos pensamientos, no vio por dónde iba, se tropezó con una piedra y, con un grito, cayó al suelo de bruces.

Unos poderosos brazos la levantaron del suelo.

–¿Te has hecho daño?

Milly respiró profundamente y sacudió la cabeza. Un par de lágrimas le resbalaron por las mejillas. Cesare escudriñó los ojos para pasearlos por su cuerpo como si quisiera asegurarse de que realmente estaba bien.

Sintió las manos de él en los hombros, reconfortándola. Milly sintió un absurdo impulso de apoyarse en aquel esbelto y fuerte cuerpo en busca de consuelo.

Apresuradamente, ella se secó las lágrimas con una mano e ignoró el deseo de que ese hombre la abrazara. Cesare era el enemigo de su hermana; por lo tanto, también era su enemigo.

–Estoy bien –dijo ella forzando una sonrisa–. No estaba mirando por dónde iba.

Milly alzó la barbilla y se preguntó qué diría Jilly en semejantes circunstancias.

–¿Cuánto falta para llegar? ¿No hay transporte en esta isla? –juzgó que podía ser un comentario propio de Jilly.

Siempre que hubiera un taxi, su hermana jamás iría a pie.

–Sólo hay una casa de piedra en toda la isla –respondió Cesare con una sonrisa sensual y maliciosa–. No hay gente, ni carreteras ni farolas.

Él le apartó las manos de los hombros, se volvió, fue adonde había dejado caer el equipaje y esperó a que ella se le acercara.

–Mi padre la hizo construir hace mucho años, cuando compró la isla. Era un adicto al trabajo y venía aquí una vez al año para descansar.

–Debes tener recuerdos felices de tu infancia aquí durante las vacaciones –dijo Milly sorprendida de aquel comentario de índole personal.

Dudó momentáneamente de que él fuera a responderle. Miró a los morenos y extraordinariamente bellos rasgos del rostro de aquel hombre y la sorprendió una mueca burlona.

–Mi madre nunca venía aquí, era una mujer de

ciudad. Mi padre traía aquí a sus amantes, no a mí. Me enteré de la existencia de este refugio tras la muerte de mi padre.

Conteniendo unas palabras de comprensión y consuelo porque sabía que él no se las agradecería, Milly se concentró en el camino empinado que subía entre hierbas aromáticas y flores silvestres cuyos aromas se mezclaban con el del mar. Casi sin respiración debido al esfuerzo y al calor, algo que a él no parecía afectarle, Milly continuó reflexionando.

Con un padre como el de Cesare como modelo, no le extrañaba que Cesare estuviera acostumbrado a llevarse a la cama a las mujeres para luego dejarlas sin más cuando se cansaba de ellas.

¡Pobre Jilly!

–Ya casi hemos llegado.

Habían alcanzado la cima de la colina y ante ellos se desplegaba un boscoso valle. En el lado opuesto, de espaldas a la colina tras la cual se divisaba el mar y una cala de arena, había una casa de piedra cuyo frente daba al valle. Un lugar tranquilo y aislado, ideal para amantes.

–¿Por qué me has traído aquí? –Milly no quería saber la respuesta, estaba segura de que no iba a gustarle. Sin embargo, sin saber por qué, se había sentido forzada a indagar.

Y la respuesta de él la dejó mareada.

–¿Por qué crees, Jilly?

La ladeada sonrisa que los sensuales labios de

Cesare esbozaban unido al brillo íntimo de esos extraordinarios ojos la hicieron recordar que aquella casa había sido hecha construir por el padre de Cesare para llevar allí a sus amantes. ¿Le había dado esa información intencionadamente?

Cesare y Jilly habían sido amantes. ¿Iba a exigirla que se acostara con él como una forma más de pagar la deuda que, según su retorcida mente, Jilly había contraído al robar y falsificar cheques? Cosa que, por supuesto, era imposible que hubiera ocurrido.

El corazón se le encogió. No, no podía pedirle eso. Y si lo hacía, ¿qué iba a hacer ella?

Cesare vio la súbita palidez de su rostro y se echó a reír.

–Vamos, te ayudaré a bajar. El camino es muy empinado en algunos lugares.

Milly se estremeció de pies a cabeza cuando él le tomó la mano. También le empezó a resultar muy difícil respirar.

Cesare la ayudó a bajar el camino que, como él había dicho, era difícil en muchos de sus tramos. Por fin, le soltó la mano cuando se detuvieron en el pavimento del porche de la casa.

Las ventanas y las contraventanas estaban abiertas; evidentemente, ahí no había miedo de que nadie entrara a robar.

Sintió sorpresa al entrar en la casa y encontrarse en una estancia que hacía las veces de cuarto de estar y cocina.

Un jarrón con flores adornaba una mesa de madera de pino, y cerca de una cocina pequeña y funcional se oía el leve zumbido de una nevera.

Movida por la curiosidad femenina, Milly abrió la puerta de la nevera y examinó su contenido. Se volvió con expresión de asombro.

–Si nadie vive aquí, ¿cómo ha llegado todo esto a la nevera?

¿Había mentido Cesare? ¿Había más gente en la isla?

–Por lancha motora, no por arte de magia –respondió Cesare sonriente–. En el continente, tengo un empleado que se encarga de visitar la casa de vez en cuando para ver si todo anda bien. Cuando vengo, lo llamo para que lo prepare todo. Él enciende el generador, se asegura de que la bomba de agua funciona, etcétera.

Cesare enarcó las cejas y añadió:

–¿Imaginabas que iba a traerte aquí para matarte de hambre?

Con el rostro encendido una vez más, Milly se enfrentó a la realidad. Estaban solos en la isla.

–Muéstrame mi habitación y dime qué quieres para almorzar. Porque supongo que esperas que cocine para ti.

No dudó en ningún momento que ese hombre ni siquiera supiera hervir agua.

Lanzó un suspiro de alivio cuando Cesare, con la maleta de ella en la mano, la instó a que subiera con él unas escaleras que había al fondo de la estancia.

Arriba, en el descansillo, había dos puertas. La primera que Cesare abrió era un cuarto de baño de clínico utilitarismo, en la segunda habitación estaba la cama más inmensa que ella hubiera visto jamás... y casi nada más.

¿Seguía Cesare los pasos de su padre y llevaba allí a sus amantes? ¿Había llevado a Jilly ahí también? De ser así, ella se había descubierto al comentar sobre la comida en la nevera y preguntar dónde iba a dormir.

Pero... ¿dónde iba a dormir? Porque sólo veía un dormitorio.

Milly se volvió para decirle que si pensaba que iba a acostarse con él estaba en un gran error, pero Cesare ya no estaba allí.

Al cabo de unos segundos, lo oyó silbar en la planta baja. Cesare parecía estar de muy buen humor.

Al parecer, quería hacerle pagar por sus supuestos pecados en especias.

Capítulo 6

MILLY había pasado casi una hora ahí arriba con la excusa de acicalarse, pero tenía que bajar ya. Había pasado la mayor parte del tiempo asomada a la ventana del dormitorio, respirando el cálido aroma del aire y deleitándose en la tranquilidad del lugar.

En otras circunstancias, se habría sentido feliz allí; sobre todo, de haber estado acompañada del hombre amado. Era el lugar perfecto para un idilio...

¡Cómo se le había ocurrido semejante idea!

No amaba a ningún hombre.

Al contrario que su hermana, alrededor de la cual los hombres acudían como las moscas a la miel, ella nunca había gozado de gran éxito con el sexo opuesto. Callada e insegura de sí misma, siempre a la sombra de su hermana, ni siquiera había estado enamorada.

Con un suspiro, se apartó de la ventana. Tarde o temprano tenía que bajar y dar la cara, seguir con el engaño y tratar de descubrir para qué la había llevado allí Cesare. ¡Y esperaba con todo su corazón que no fuera para lo que sospechaba que era!

Sexo.

Estaba segura de que Jilly había esperado casarse con él. Estaba segura de que su hermana se había marchado corriendo, dolida y humillada, después de que ese bruto le dijera que lo único que quería de ella era sexo.

Según la enfermiza racionalidad de ese hombre, Jilly había robado cierta cantidad de dinero. ¿Había decidido cobrárselo a cambio de sexo?

Los músculos del vientre se le tensaron. Enderezó la espalda y emprendió el camino a la planta baja con la intención de preparar el almuerzo. Ella no tenía hambre, pero Cesare sí debía tener. Además, cocinar la distraería y dejaría de pensar en su situación aunque sólo fuera momentáneamente.

Al llegar abajo encontró a Cesare sirviendo dos platos con movimientos profesionales.

–Iba a llamarte –Cesare lucía una cálida sonrisa, sin malicia–. He pensado que comamos fuera. La botella de vino está abierta, ¿por qué no lo sirves?

Cesare había preparado una pequeña mesa y dos sillas en el porche de la casa, la mesa estaba cubierta con un mantel blanco. Los faldones del mantel se mecían al viento suavemente.

Cubiertos, vasos, un cesto con pan y mantequilla en una mantequillera de barro. Las manos le temblaron al servir el vino en los vasos. Se sentó en una de las sillas porque las piernas le flaqueaban.

–A ver si te gusta –dijo Cesare colocando un plato delante de ella, antes de sentarse en la otra silla–. Me gusta experimentar en la cocina. A veces, me sale todo mal.

Con súbito e inesperado apetito, Milly hundió el tenedor en el arroz con limón y ensartó una suculenta gamba. El plato estaba guarnecido con champiñón y pimientos asados. Absolutamente delicioso.

Hambrienta, agarró un trozo de pan y lo untó con mantequilla mientras Cesare le preguntaba en voz queda:

–Bueno, ¿cuál es el veredicto?

–Fabuloso. ¡Puedes cocinar todas las veces que quieras! –la primera vez que sonreía de verdad desde hacía días, y la sonrisa le ganó otra irresistible de Cesare.

Incluso parecía humano, pensó Milly tratando de disipar la confusión que sentía. También le sorprendía la facilidad con la que podía responder a cualquier gesto de ese hombre. Frunció el ceño. Había estado totalmente convencida de que Cesare era incapaz de hervir agua para el té, demasiado arrogante para realizar una tarea tan doméstica; sin embargo, le había presentado una de las comidas más deliciosas que había probado en su vida.

Se había equivocado respecto a eso, ¿podía haberse equivocado respecto al carácter de él? Y... ¿no habría mostrado ella una absoluta falta de sentido común al lanzarse a aquella aventura basada en el engaño?

Con ciega estupidez, se había imaginado a sí misma recorriendo las calles de Florencia en busca de Jilly antes de que Cesare pudiera encontrarla.

¡Qué ingenua había sido!

No podía ir a Florencia sin dinero y, tal y como Cesare le había dicho, no iba a ganar ni un céntimo hasta que no pagara todo lo que supuestamente había robado.

Bebió vino y Cesare, reclinándose en el asiento y echando un brazo atrás perezosamente, le preguntó con voz queda:

–¿Qué estás pensando?

–¡Que vas a desperdiciar tu dinero! –contestó ella distraídamente, tratando de decidir qué hacer. Seguir suplantando a su hermana o confesarlo todo y ponerse a merced de él. Al fin y al cabo, a pesar de considerarla obstinadamente una ladrona en su papel de Jilly, Cesare se había mostrado amable y amistoso desde la llegada a la isla. ¿El preludio de la cama? ¿No debería ella desvelar el engaño de una vez por todas?

Debía pensarlo bien.

–No lo creo. ¡Me considero muy capaz de manejar grandes cantidades de dinero!

Milly tragó saliva. Era un hombre peligrosamente guapo. Irresistible. El pulso se le aceleró mientras sentía que los pezones de sus pechos, excesivamente sensibles, se erguían.

¡Era un hombre mortal!

Incapaz de soportar aquella tortura por más tiempo, Milly se puso en pie y, con voz ahogada, dijo:

–Voy a fregar los platos.

–No, déjalo.

Cesare, con su fuerte y elegante mano, le agarró la muñeca. Se puso en pie, aún sujetándola por la muñeca, y ella enrojeció mientras Cesare paseaba la mirada por su cuerpo con una absoluta falta de inhibición.

No podía ser más explícito, pensó Milly entre asustada y excitada.

No estaba preparada para manejar aquella fuerte corriente sexual. Y no quería estarlo. ¿Qué clase de persona se sentía atraída por un monstruo semejante, y sólo porque era el hombre más guapo, sensual y carismático que había visto en su vida?

Cuando Cesare rodeó la mesa, le soltó la muñeca y le dio una palmada suave en la espalda, dijo con una voz parecida al chocolate derretido:

–Ponte calzado para caminar. Voy a enseñarte mi isla.

Milly salió corriendo, el corazón parecía querer salírsele por la garganta.

Mientras limpiaba la mesa y fregaba los cacharros hasta dejar la cocina como los chorros del oro, sonrió.

La impostora estaba asustada. Había hecho un buen trabajo. La decisión de haberla llevado allí estaba plenamente justificada. ¡No podía creer lo ingenua que era! Seguía creyendo que le tenía engañado.

¡Santo cielo! ¿Cómo podía ser tan ingenua? Con sólo mirarla la hacía sonrojar y temblar. ¿Acaso no conocía a su hermana? ¿Acaso no sabía que Jilly jamás reaccionaría así?

La Jilly que él conocía le habría devuelto la mirada con interés, habría entreabierto los labios y habría parpadeado. Se habría pegado a él, no habría temblado como una virgen a punto de ser sacrificada.

La impostora, Milly, se descubría a cada paso que daba. Y, al verla arriba de las escaleras, se preguntó cuánto más tardaría en desvelarle que conocía su engaño.

Ella llevaba la misma camisa azul, que dejaba adivinar unos pechos perfectos, y los pantalones vaqueros blancos ajustándole las caderas. Calzaba algo que debía considerar apto para caminar: suela plana y tiras de cuero, estilo gladiador.

Pero lo que más lo afectó, lo que le encogió el corazón, fue la tensión que vio en esos ojos verdes y el temblor de aquellos labios sin carmín al esbozar una indecisa sonrisa.

Cesare fue presa de un repentino sentimiento de culpabilidad acompañado de un intenso deseo de proteger a aquella mujer y besarla hasta hacer desaparecer la angustia que veía en sus hermosos ojos verdes.

Milly estaba bajando las escaleras, despacio y con paso incierto. Él cerró los ojos momentáneamente mientras se maldecía a sí mismo por reaccionar como un imbécil víctima de la belleza femenina.

Su imagen de joven desvalida era una pose. Tenía que recordarlo; de lo contrario, acabaría creyendo que se estaba comportando como un monstruo. Que él estaba equivocado.

Él jamás se equivocaba.

Al igual que su hermana gemela, esa mujer había perdido su inocencia y su pureza hacía mucho tiempo. A pesar de su serena belleza, Milly era tan hipócrita y egoísta como su hermana, y lo mejor que él podía hacer era no olvidarlo.

Y más tarde, ese mismo día al anochecer, le diría que sabía quién era y haría que le dijera el paradero de su hermana.

Milly tenía que saberlo. Sí, claro que lo sabía. En Inglaterra, cuando él apareció en su casa, Milly no le dijo que estaba equivocado, que ella no era Jilly, cosa que habría hecho inmediatamente de ser una persona honesta.

Tan pronto como él salió de allí, debió ponerse en contacto con su hermana y entre las dos tramaron aquel plan en el que Milly suplantaría a Jilly, con el fin de que ésta pudiera cubrir su rastro completamente. Y cuando Jilly se considerase a salvo, Milly también escaparía.

Cuando Milly llegó al pie de las escaleras, él forzó un tono ligero y una sonrisa.

–Vamos –y se dio media vuelta antes de que ella pudiera notar la cólera que amenazaba con desbordarle.

–Espera –dijo ella con voz firme, aunque temblorosa por dentro.

Mientras rebuscaba entre las cosas de Jilly con la esperanza de encontrar algo que se asemejara a unos zapatillas de deporte, se dio cuenta de que no podía ir a andar por el monte con esas sandalias. Cada vez le repugnaba más seguir fingiendo ser quien no era. Aquella farsa iba a acabar con ella. Y no quería imaginar la ira de él cuando le contase la verdad.

Hasta ese momento, Cesare no sospechaba nada. Había llegado a ser amable con ella e incluso, en un momento, había coqueteado. ¿Con el fin de acostarse otra vez con Jilly sin promesas de matrimonio? Al fin y al cabo, desde el punto de vista de Cesare, Jilly no estaba en posición de negarle nada.

La situación la estaba haciendo sentirse avergonzada de sí misma, además de sumamente nerviosa. Pero ahora, en contra de lo que pensara antes, creía deber seguir con el engaño.

Ante todo, tenía que proteger a su hermana.

Los anchos hombros de él bajo el tejido de algodón blanco se tensaron antes de volverse de cara a ella. La sonrisa de Cesare le quitó la respiración.

–¿Necesitas que te preste un calzado con el que no se te vayan a destrozar los pies después de los doce primeros pasos?

–No.

¡Ojalá fuera tan sencillo! Si quería seguir con aquel ridículo engaño, necesitaba aclarar las cosas. Enderezando los hombros, lo miró a los ojos y dijo:

–Quiero saber por qué has considerado necesario traerme aquí –respiró hondamente–. Y quiero saber dónde vas a dormir tú.

Capítulo 7

SABES POR qué te he traído aquí? –respondió Cesare en tono ligero y con aparente sinceridad–. Como le dije a mi abuela delante de ti, necesitabas descansar después de la pérdida de tu madre. No soy un ogro.

Al ver los verdes ojos de ella ensombrecer debido al dolor del recuerdo, Cesare cerró las manos en puños y se maldijo a sí mismo, arrepentido de la necesidad de distorsionar sus motivos.

Esa mujer era engañosa, pero también era capaz de sentir dolor.

Al contrario que su hermana.

La hedonista Jilly no era capaz de pensar en nadie, a parte de sí misma. Cuando había estado en la villa haciendo compañía a Nonna y él le preguntó sobre su familia, Jilly lanzó una breve carcajada y, en tono desdeñoso, calificó a su madre de provinciana y a su hermana de ser una persona aburrida y demasiado práctica.

Pero Milly... Sí, Milly era capaz de sentir, a pesar de sus evidentes defectos.

–Vamos –dijo él, la comprensión endulzando su voz–. Tranquilízate, sólo vamos a dar un paseo.

Cesare la miró fijamente antes de añadir:

–En cuanto a dónde voy a dormir yo, hay un dormitorio en la planta baja, pasada la cocina. Aunque si eso te va a causar una desilusión, sólo tienes que decírmelo –la voz de Cesare se tornó ronca, sorprendiéndolo a sí mismo–. Puede incluso que te cueste conciliar el sueño pensando en cuándo voy a ceder a mis más bajos instintos y a buscar los placeres de tu cama.

–¿Más pasta? –el tono de voz empleado por Cesare era bajo, profundo y sensual.

Milly sacudió la cabeza, tratando de controlar los espasmos de los músculos de su vientre, que no tenía nada que ver con la sabrosa salsa de tomate y los espaguetis que habían preparado juntos, con lo que eso conllevaba: roce de manos, proximidad, tocarse los brazos...

Se sentía como si estuviera en la cuerda floja.

Cesare había mentido al decirle que la había llevado allí para descansar. ¿Acaso creía que era idiota? Creía que era Jilly, su ex amante, la mujer que le tenía furioso. Ese supuesto «descanso» era un castigo. Y lo peor era que no sabía qué forma iba a adoptar el castigo.

Además, se sentía completamente desconcertada. No le veía sentido a nada.

¿Por qué le había enternecido ese hombre durante el largo paseo por la isla, haciéndola olvidar el motivo de su estancia allí y las implicaciones de su propio engaño?

¿Por qué se había relajado lo suficiente como para disfrutar tanto el paseo?

¿Por qué no podía dejar de pensar en la sensación que le habían producido las yemas de los dedos de él acariciándole la parte superior del brazo y luego el brazo de Cesare rodeándole la cintura con gesto protector mientras, desde la cima de una colina, admiraban el paisaje formado por una pequeña cala de arena blanca y fina?

–Mañana iremos a bañarnos –le había dicho él allí–. Llevaremos comida y pasaremos el día fuera.

En esos momentos, Cesare la sacó de su ensimismamiento.

–Tienes aspecto de cansada. ¿Quieres acostarte?

La voz ronca y el tono bajo de él sonaron a invitación. La piel de ella se encendió. De ser una invitación, ¿tendría ella la fuerza de voluntad necesaria para rechazarla? ¿O, por el contrario y al igual que su pobre hermana traicionada, sucumbiría a la tentación?

Pero no había sido una invitación, decidió Milly. ¿Qué le había dicho Cesare unas horas antes? Que quizá pasara una noche sin poder conciliar el sueño pensando en si él iba a ceder a sus más bajos instintos y a buscar el placer de su cama.

¡Lo que significaba que Cesare iba a tener que sobreponerse al desagrado que le producía acostarse con una mujer a la que consideraba una ladrona! Pero había sido el amante de su hermana. ¿Seguía deseándola?

¡Estar acostada sin poder conciliar el sueño, pensando si él...!

¡No, gracias!

–Estoy bien –respondió ella a pesar del torbellino interior–. Me quedaré por aquí un rato. Esto es muy tranquilo.

Y lo era, a pesar de la presencia de Cesare, ahí fuera, en el patio donde habían cenado a la luz de las velas.

«¡Dios mío!», pensó Cesare tensando los músculos de su rostro al tiempo que se ponía en pie bruscamente. La lujuria le estaba arrastrando a lugares donde no quería estar. El objetivo de todo aquel montaje era castigarla a ella, no a sí mismo.

–Termínate el vino –dijo él en tono repentinamente frío. Cesare no la miró, no se creía capaz de ver la expresión de vulnerabilidad que Milly parecía incapaz de disimular y no hacer nada al respecto. Algo de lo que acabaría arrepintiéndose amargamente–. Hasta mañana.

En el momento en que Cesare se adentró en la casa de campo, Milly expulsó el aire que había estado conteniendo sin darse cuenta. Oyó una puerta cerrarse de golpe. ¿La puerta del dormitorio de la planta baja que Cesare le había mencionado?

Daba igual. Lo realmente significativo era que Cesare, de repente, había montado en cólera. Pero ella desconocía el motivo.

Milly se pasó una mano por la frente. Cesare estaba enfadado con Jilly, no con ella, se recordó a sí misma. Mantener aquella dualidad le estaba costando cada vez más.

Aquel engaño le resultaba más que desagradable, pero al menos le proporcionaba tiempo, pensó mientras recogía los platos. Más tiempo para pensar cómo encontrar a su hermana, más tiempo para que Jilly olvidara la crueldad de su ex amante y, por consiguiente, se encontrara con más fuerzas para enfrentarse a él y convencerlo de que estaba equivocado respecto a que ella le había robado.

¿Y más tiempo para que la fascinación que sentía por ese hombre se intensificara? Ese pensamiento afloró a su mente sin ser evocado.

Rechazándolo inmediatamente, agarró los cacharros y los fregó en la profunda pila de piedra. Cuando se secó las manos, se concentró en el silencio que reinaba hasta sentirse más tranquila.

Fue entonces cuando advirtió por primera vez la presencia de una puerta entre un mueble de cajones y un armario empotrado, una puerta que debía abrirse al dormitorio que él ocupaba. Sus ojos parecían decididos a volver a esa puerta una y otra vez. ¿Como si esperase que Cesare saliera con el cabello mojado después de una ducha, la piel morena brillando y una toalla atada a sus estrechas caderas?

¿Lo esperaba? ¿Lo deseaba?

Avergonzada de sí misma y ardiendo en deseo, respiró hondamente y le dio la espalda a la puerta. Entonces, reprendiéndose a sí misma, subió las escaleras y se fue a su habitación.

Si la puerta hubiera tenido un cerrojo con llave, lo habría echado.

–El mar nos está esperando. ¿O lo has olvidado?

La voz de Cesare la sacó de un sueño inquieto, sacudiéndole el cuerpo con la fuerza de una corriente eléctrica. Incorporándose hasta recostarse en la almohada, se subió la sábana para cubrirse los pechos demasiado tarde. Inmediatamente, se arrepintió de haberse acostado desnuda después de una ducha la noche anterior.

Con las mejillas encarnadas, sus ojos esmeralda buscaron la figura de Cesare bajo el rubio y revuelto flequillo. Y lo encontraron.

Apoyado en el marco de la puerta, increíblemente atractivo con los pantalones vaqueros ceñidos y una camiseta sin mangas color verde oliva, Cesare estaba irresistible, todo hombre, fuerza, esbeltas líneas y duros músculos.

Milly contuvo la respiración. Clavó los ojos en el rostro de él y vio esa típica e irresistible sonrisa suya, la nariz aguileña, los ojos oscuros adornados con espesas y sedosas pestañas.

¡No era justo!

Si su sofisticada hermana, acostumbrada a espantarse a los hombres como moscas, no había podido resistir a ese hombre, ¿cómo iba a conseguirlo ella?

Jilly era una conquistadora nata que pronto se aburría de sus conquistas. Pero en esta ocasión, si ella no se engañaba, su hermana había encontrado un digno rival. Al final, debía haberse enamorado de Cesare y ella lo comprendía.

Preocupada, recordó la última tarjeta postal que Jilly envió desde Florencia. Parecía segura de que, en el futuro, el dinero no iba a ser un problema y podría pagar todas sus deudas. Debía estar convencida de que su nuevo amante pronto se convertiría en su marido.

–Levántate. Desayunaremos en la playa y luego nos bañaremos –dijo él, fascinado por el color de las mejillas de Milly.

Cesare se volvió antes de fascinarse demasiado con el cuerpo desnudo de Milly bajo las sábanas.

Cuando Cesare se dio media vuelta y se marchó, Milly lanzó un suspiro de alivio. No podía creer lo vulnerable que se había sentido ahí tumbada en la cama con sólo la sábana cubriéndole el cuerpo.

El cuerpo entero le ardía cuando se levantó y abrió la maleta en busca de ropa. Con el fin de distraerse, consideró las ventajas de su situación.

Por el momento, Cesare no sabía que ella no era Jilly.

Mientras fuera así, Cesare no estaría buscando a su hermana; sin duda, con un par de esposas en el bolsillo.

Cesare no había intentado tener relaciones sexuales con ella.

Ella era lo suficientemente sensata como para darle una bofetada en caso de que lo intentara. ¿O no?

Y las desventajas.

Le quedaba el resto de la semana allí con él.

¡Pero sobreviviría!

Entre lo que Jilly había dejado, encontró un escandaloso biquini negro: tres triángulos diminutos y unas tiras. El rostro se le puso encarnado. Cleo debía haberlo metido en la maleta cuando la ayudó a hacerla. A ella, Milly, jamás se le habría ocurrido tener una prenda así.

Arrojó el biquini de vuelta a la maleta y, de cuclillas, se obligó a enfrentarse a la situación.

Jilly jamás dudaría en ponerse una prenda así. Ella estaba haciéndose pasar por Jilly. Por lo tanto, debía comportarse y vestirse como su hermana gemela.

Sin darse tiempo para echarse atrás, se puso el biquini y encima unos pantalones muy cortos color limón, las sandalias de tiras y una blusa sin mangas también color limón que se ató debajo de los pechos, dejando al descubierto el vientre.

Bajó a la cocina rápidamente.

–Café –Cesare le indicó una taza de café recién hecho encima de la mesa de la cocina.

Él estaba sentado, con las piernas estiradas. Ahora iba desnudo de cintura para arriba. Milly tragó saliva. Ese hombre era demasiado.

Nerviosa y azorada bajo el escrutinio de él, Milly agarró la taza, fue hasta la puerta y se apoyó en el marco. Miró hacia el verde valle con el fin de no mirarlo a él, tratando de aparentar estar relajada. ¡Ojalá supiera qué se traía él entre manos! Le dio la impresión de que Cesare estaba improvisando.

Antes de la isla, Cesare la había tratado con absoluto desdén, y el único motivo por el que no la había llevado delante de un juez era por su abuela. La felicidad y el bienestar de su abuela eran mucho más importantes para Cesare que la satisfacción de llevarla a juicio.

Ahora, sin embargo...

–Hace un día precioso, ¿verdad?

Milly no le había oído acercarse. La voz de Cesare la hizo temblar.

Se alejó de la puerta, dejó la taza de café en la mesa del patio y logró responder:

–Sí.

Se preguntó cuándo descubriría el verdadero

motivo por el que Cesare la había llevado allí. Y cuál era.

¿Acostarse con ella... con Jilly? A juzgar por su cambio de actitud, parecía lo más probable. El pensamiento la dejó sin respiración y tuvo que inhalar profundamente, respirando el aroma del mar y las hierbas aromáticas del lugar.

–¿Nos vamos?

Cesare había vuelto a reunirse con ella. Llevaba una mochila colgada de un hombro, calzaba unas alpargatas y el sol le bañaba la piel.

Con piernas temblorosas, Milly lo siguió a cierta distancia mientras el camino que descendía el monte se estrechaba.

–Dame la mano.

–Puedo arreglármelas.

Milly no quería ningún contacto físico con él. Pero Cesare la ignoró, le agarró la mano y, con gentileza, casi con cariño, la ayudó a descender.

Milly se soltó de la mano de Cesare tan pronto como llegaron a la blanca arena de la cala, arrepintiéndose de haberse embarcado en aquella aventura mientras lo veía dejar la mochila en una roca.

Entonces, él se volvió de cara al mar. Lo vio echar la cabeza hacia atrás y estirar aquel cuerpo perfecto con gracia animal mientras recibía el calor del sol.

Milly se ordenó a sí misma mirar a otro lado,

pero no pudo. Ese hombre era magnífico y, cuando se volvió a ella, su sonrisa le hizo irresistible.

–Primero vamos a darnos un baño. ¡Te echo una carrera hasta la orilla!

Lo vio desabrocharse el cinturón y, de repente, Milly fue consciente del diminuto biquini que llevaba bajo la ropa.

Podía negarse a bañarse. No tenía por qué hacerlo.

Pero Jilly jamás dejaría pasar la oportunidad de exhibirse delante de semejante hombre.

Allí, en ese mágico lugar, a solas con el hombre al que amaba, haría lo posible por hacerle cambiar de idea respecto al matrimonio; lo tentaría y luego insistiría en su inocencia respecto al supuesto robo. Sin embargo, ella, sabía que no podía llegar tan lejos, era demasiado peligroso. Las protestas de inocencia tendrían que salir de la misma Jilly, y también la actitud tentadora. En cualquier caso, ella tenía que continuar representando su papel de algún modo.

Mientras se desabrochaba la blusa notó que Cesare ya se había quitado los pantalones y estaba cubierto sólo con un bañador negro que no hacía nada por ocultar su sexo. Tragando saliva, Milly le dio la espalda y nerviosa se quitó la blusa.

–Entra tú primero en el agua. A mí no me gusta echar carreras.

Cesare no se movió. Ella estaba visiblemente

incómoda. Desesperadamente incómoda. La vio titubear cuando se llevó las manos a la cinturilla de los pantalones cortos.

Se vio presa de una súbita compasión. ¿La habría forzado Jilly a representar aquel papel en contra de su voluntad? Empezaba a parecérselo. Las Jilly Lee de este mundo tenían una habilidad especial para conseguir lo que querían sin importarles las consecuencias.

Cesare cerró las manos en dos puños cuando la vio armarse de valor y quitarse los pantalones cortos, revelando unas suaves y firmes nalgas y unas piernas largas y bien torneadas. Era hermosa. El corazón le dio un vuelco. Cuando ella se medio volvió, Cesare sintió la boca seca. Los tres diminutos triángulos del biquini eran escandalosos, la parte de abajo apenas sujeta por unas tiras.

Era la clase de biquini que Jilly llevaría encantada. Pero Milly, lanzándole una mirada furiosa por encontrarle aún ahí, salió corriendo hacia el agua.

Cesare, siguiéndola con paso lento, se despreció a sí mismo por haberla puesto en semejante posición.

Debería haberle dicho que sabía quién era y preguntado por el paradero de su hermana. Nada de juegos.

Aparte del cabello y las uñas cortas, Milly y Jilly eran idénticas. Sin embargo, Jilly jamás lo había atraído; incómodo, reconoció que la suave y amable versión de Jilly sí lo atraía.

En contra de su voluntad, por supuesto. Pero lo atraía.

Mientras el agua del mar le refrescaba el cuerpo, Milly se relajó un poco. Cesare la había estado observando mientras se desvestía. De espaldas, debía haber parecido que estaba desnuda, pensó temblando de vergüenza; aunque de frente no estaba mucho más decente. Ese biquini no tapaba nada, sólo incitaba.

¡Y cómo la había mirado Cesare! Pero no, no iba a pensar en eso. En su lugar, se puso a nadar a crol.

Era una buena nadadora y le encantaba el agua. En el colegio, había ganado un par de copas de natación. Era una de las pocas cosas que hacía mejor que Jilly. Su hermana odiaba el ejercicio físico.

De repente, tuvo la impresión de que algo, un enorme pulpo, la atacaba. Forcejeó jadeante y fue entonces cuando la cabeza de Cesare salió del agua, con los brazos alrededor de su cuerpo.

–¿Qué estás haciendo? –inquirió ella escandalizada.

¿Acaso el mar no era lo suficientemente grande como para no chocarse?

Cesare le acababa de estropear el placer y la sensación de libertad que había sentido.

–¡Suéltame!

Además, para colmo, sus cuerpos estaban pegados el uno al otro. Sintió la dura fuerza de él, era demasiado.

–Estoy intentando evitar que te ahogues –contestó Cesare–. Las corrientes aquí son muy peligrosas. Iba a decírtelo, pero saliste corriendo como una bala. Vamos, vuelve.

Con un escalofrío, Milly se dio cuenta por primera vez de la sensación que había tenido de no avanzar, del esfuerzo que había hecho contra la corriente durante los últimos minutos.

Asustada, se dejó acompañar y guiar por Cesare hasta la playa, más agradecida de lo que él podría imaginar nunca. Estando a su lado se sintió como si no pudiera ocurrirle nada malo.

Pronto llegaron cerca de la arena de la cala, al lugar donde el hizo pie llegándole el agua por la cintura.

Milly se acercó, agotada por el esfuerzo de luchar contra el peligro que se ocultaba bajo las aparentemente tranquilas aguas. Tan pronto como llegó a su lado, Cesare le puso las manos bajo los brazos, la puso en pie y la miró furioso.

–¡No vuelvas a hacer algo así! ¡Dios mío, podrías haber muerto!

Y él se habría arriesgado a morir ahogado también en un intento por salvarla, fue lo primero que acudió a la mente de ella. Pero la tensión le hizo contestar con brabuconería.

–¿Cómo iba a saberlo? ¡Y deja de gritarme!

De repente, Cesare le rodeó la cintura con los brazos, la atrajo hacia sí y le cubrió la boca con la suya violentamente.

Pasión y furia contenida la estrecharon contra el cuerpo de él, contra la dureza de su erección, mientras sus pieles mojadas se fundían en el agua. Presa, no podía huir.

Por supuesto, la idea de huir no le pasó por la cabeza. Jamás había sentido nada parecido, una pasión que la consumía por entero.

Milly le rodeó el cuello, abrió los labios y le oyó gemir ronca y profundamente. La lengua de Cesare le acarició la suya, para abandonarla y dedicar sus caricias a los pezones de sus pechos tras apartar los diminutos triángulos que los cubrían.

Cesare empezó a dirigirse hacia la orilla con lentitud, guiándola, juntos, perdidos en el placer, mientras ahora sus bocas volvían a explorarse. El le quitó la parte de arriba del biquini por ser sólo un insulto a la perfección de aquellos senos.

Hechicera.

Y él estaba hechizado.

Le acarició los pezones con las manos y, al respirar, sintió el aire caliente y espeso mientras echaba la cabeza de Milly hacia atrás. La vio cerrar los ojos y abrir los labios mientras movía las caderas a un ritmo instintivo pegándose a su erección.

Cesare casi perdió el equilibrio, pero logró encontrar la caliente arena de la aislada playa.

Tomó posesión de la boca de Milly salvajemente antes de tumbarla en la arena y gemir de placer al sentir las piernas de Milly rodeándole la cintura y temblar.

Qué locura.

Era una locura irresistible.

Se estaba abriendo a él. Caliente. Caliente. Caliente.

–Bella, bella, bella...

Capítulo 8

EL SONIDO de su teléfono móvil fue como un cubo de agua fría.

–*Porca miseria* –dijo Cesare levantando la cabeza.

¿Se había vuelto loco? El deseo le había controlado por primera vez en su vida, haciéndole olvidar quién era ella y quién era él. Era humillante.

Apartó de sí los brazos de Milly, que aún le rodeaban los hombros, y, sin mirarla, se puso en pie y caminó hacia la roca donde había dejado la mochila.

Notó con desagrado que las manos le temblaban al sacar el móvil.

–Diga –y se quedó inmóvil.

Casi sollozando de vergüenza y frustración sexual, Milly se puso en pie, se acercó a su ropa y se vistió.

¿Qué pensaría de ella? Los ojos le picaban por las lágrimas y el rostro le ardía. Pensaría que era una cualquiera dispuesta a ofrecérselo todo.

Pero lo peor era que acababa de darse cuenta

de que la opinión de Cesare le importaba... más que nada en el mundo.

¿Cómo explicárselo? ¿Cómo decirle que ella no era así, que era la primera vez que hacía una cosa así? ¿Y cómo hacer que la escuchara... y la creyera?

Eso la hizo pensar en lo que no quería pensar: Cesare creía que era Jilly, su ex amante. No debía haberle extrañado nada su apasionada respuesta.

Lo había deseado tanto, que se había olvidado del papel que estaba representando y había pensado en convencerlo de que era la primera vez que le ocurría algo así, lo que la delataría.

Avergonzada, se dio cuenta de que le había faltado muy poco para descubrir el engaño.

De no haber sido interrumpidos por el teléfono móvil, la pasión compartida habría llegado a un desenlace natural. Y Cesare se habría dado cuenta, no era estúpido. Ella era virgen, pero Jilly no lo era.

Por fin, ya vestida, Milly lo miró disimuladamente. Cesare hablaba en italiano, parecía estar haciendo preguntas, tenso. Cuando cortó la comunicación, arrojó el móvil al interior de la mochila y se puso los pantalones.

Cuando se volvió para mirarla, Milly bajó la cabeza en un vano intento de ocultar la humillación que sentía y que le quemaba el rostro.

Con voz dura, Cesare dijo:

–Nonna ha sufrido un accidente hoy por la mañana. Era Rosa la que ha llamado, acaban de volver de Urgencias. Regresamos a la villa inmediatamente.

Cesare echó a andar y ella le dio alcance al pie del monte.

Olvidándose de sus problemas y preocupada por la anciana, Milly preguntó:

–¿Está herida? ¿Qué le ha pasado?

Cesare la miró fugazmente.

–Rotura de clavícula y fisuras en las costillas. Nada grave, pero a su edad... –Cesare se interrumpió cuando ella, instintivamente, le puso la mano en el brazo.

–Intenta no preocuparte demasiado. Pronto estaremos allí –murmuró ella tratando de darle ánimos–. Escucha, adelántate tú para ir preparando el helicóptero o hacer lo que tengas que hacer. Yo te seguiré tan rápidamente como pueda. En cuanto a lo que he traído a la isla, lo dejaré aquí. No es importante. De esa manera, no perderé tiempo haciendo el equipaje.

Los ojos de Cesare se posaron primero en la pequeña mano que, posada en su brazo, trataba de consolarlo; después, la miró al rostro. Había preocupación en esos hermosos ojos verdes y decisión en sus exquisitos rasgos.

–No, tú vienes conmigo. No quiero que te caigas por el monte y acabar en el hospital –dijo él con voz espesa.

Cuando llegaron a la cima del monte, Cesare se

adelantó para hacer los preparativos. Estaba delante de la casa cuando ella llegó casi sin aliento.

–¿Has dicho en serio eso de marcharte sin recoger tus cosas?

–Por supuesto. He dejado ropa en la villa, no será necesario que vaya por ahí andando desnuda.

Milly no sabía por qué había dicho una cosa así; sobre todo, cuando el comentario, dicho con toda inocencia, provocó una sonrisa maliciosa en Cesare.

El viaje de vuelta a la villa fue rápido. Helicóptero, coche y silencio. Al llegar a la casa, Cesare paró el coche en el paseo de grava delante de la puerta donde Rosa ya los esperaba.

Milly no entendió nada de lo que decían, pero captó la palabra *dottore* y, cuando Cesare se encaminó hacia el dormitorio de su abuela en la planta baja, ella lo siguió. Quería saber cómo estaba la anciana.

Los grandes ventanales de la habitación estaban abiertos, dejando correr un cálido aire que ondulaba las cortinas. Filomena estaba recostada en las almohadas de la cama con un brazo en cabestrillo.

Cesare se acercó a su abuela, le alzó la mano buena, se la besó y le murmuró algo en italiano que Milly supuso serían palabras de consuelo.

Después, giró hacia al robusto hombre que estaba guardando un estetoscopio en un maletín negro y empezó a lanzarle preguntas en italiano.

Sintiéndose un estorbo y aún confusa por lo que había ocurrido entre Cesare y ella aquella mañana, Milly iba a darse la vuelta para marcharse cuando Filomena advirtió su presencia.

–¡Querida, ven y siéntate conmigo un rato! ¡Cesare, habla sólo en inglés, por favor!

Después, mientras Cesare se despedía del médico y lo acompañaba a la puerta, Milly se acomodó en la butaca color limón que había al lado de la cama y sonrió a la anciana.

–Pobrecilla. ¿Cómo te encuentras, Filomena?

La anciana estaba pálida, pero sonrió al responder.

–Bien. Sólo me molesta cuando me muevo.

–¿Cómo ha ocurrido?

Milly acarició la mano de Filomena, tratando de ignorar un cosquilleo en la nuca que le indicó que Cesare había vuelto y que la estaba penetrando con los ojos.

–Amalia y yo estábamos paseando por el jardín. Y tan pendiente estaba de los chismes que me estaba contando que no me fijé por dónde iba, me tropecé con un escalón y me caí.

–¿Dónde está la condesa? –Cesare se colocó al otro lado de la cama.

Milly estaba decidida a no mirarlo.

–Se marchó cuando me trajeron en camilla, tenía miedo de ser un estorbo. ¡Qué jaleo se ha armado!

–No debería haberte dejado aquí a solas con ella si no eres capaz de mirar por dónde vas –dijo Cesare con una nota de reproche.

–¡Cesare, me estás hablando como si fuera una niña!

Filomena se estaba disgustando. Milly se alzó en su defensa.

–Lo último que necesita tu abuela es que la sermoneen. Si no puedes hablar con tranquilidad, te sugiero que vayas a dar la lata a otra parte.

Milly notó la mirada de incredulidad de Cesare, pero no le importó.

Filomena le tomó la mano y se la apretó momentáneamente, mientras Cesare anunció:

–Te pido disculpas, abuela. No debería haberte hablado así. Ahora voy a ir a contratar a una enfermera para que te haga compañía las veinticuatro horas del día.

Cesare se volvió con la espalda rígida, pero la voz de su abuela lo retuvo.

–Te prohíbo que lo hagas. No voy a permitir que una enfermera esté encima de mí todo el día. No estoy enferma. Lo único que necesito es reposar hasta que los huesos se suelden. Jilly y Rosa me cuidarán.

Cesare se volvió. Muy despacio. Sus oscuros ojos buscaron los de Milly.

–¿Eres capaz de cuidarla?

Milly alzó el mentón y devolvió el apretón de mano a la anciana.

–Perfectamente.

Ellos no podían saberlo, pero la auténtica Jilly habría salido espantada, no soportaba estar con enfermos. No tenía paciencia respecto a lo que para ella era una debilidad.

Cesare la observaba con mirada sombría, como si dudase de sus capacidades y fuera a discutir. Necesitaba adoptar una actitud firme otra vez.

–Por favor, pídele a Rosa que le traiga a tu abuela el almuerzo en una bandeja. Algo ligero –Milly se volvió a la anciana–. ¿Una sopa?

Cuando Filomena le respondió asintiendo con la cabeza, Milly añadió.

–Y luego descansará.

¿Estaba Cesare reprimiendo una sonrisa? No podía asegurarlo y no iba a perder el tiempo tratando de adivinarlo. No, lo mejor era no pensar en él; sobre todo, después de lo que le había hecho sentir aquella mañana. ¡De cómo la había hecho comportarse!

–Le has manejado muy bien –comentó Filomena tan pronto como Cesare salió de la habitación–. Mi nieto impone autoridad. Aunque admito que lo merece, siempre tiene razón.

Filomena parecía cansada y Milly se preguntó si no le preocuparía lo que Cesare le había dicho sobre no mirar por dónde iba. En su estado, podía disgustarle.

–Cesare te adora –dijo Milly para consolarla–. Se ha puesto así contigo porque le has dado un susto de muerte. Ha reaccionado así por el susto, nada más.

En ese momento, Rosa apareció con una bandeja. La colocó encima de las piernas de la anciana mientras le hablaba en italiano. Por fin, el ama de llaves se dirigió a Milly en inglés.

–¿Quiere que le traiga también algo de comer en una bandeja, para hacer compañía a la señora?

Milly aprovechó la oferta.

–Sí, muchas gracias, Rosa. La verdad es que, de ahora en adelante, voy a comer y a cenar con la señora, si no es molestia.

Eso le evitaría comer con Cesare. Cuanto menos lo viera, mejor.

–*¡Di niente!* –el ama de casa sonrió ampliamente–. ¡Buen plan!

Milly apenas veía a Cesare, sólo cuando éste iba a visitar a su abuela a las diez de la mañana y a las diez de la noche, o cuando el médico iba a visitar a la paciente. En dichas ocasiones, ella se disculpaba y dejaba a Filomena y a su nieto a solas. Cesare pasaba el resto del tiempo en la oficina que tenía en el primer piso, desde donde dirigía su imperio, o en Florencia, ciudad a la que viajaba con cierta regularidad y donde tenía sus oficinas centrales.

No era por cobardía por lo que lo evitaba, se aseguró a sí misma, era una cuestión de sentido común. Corría el peligro de creer estar enamorada de él. Malo era soñar con Cesare por las noches, más bien padecer sueños eróticos de los que se avergonzaba profundamente, sin necesidad de padecer su compañía durante el día.

Habían transcurrido cuatro semanas del accidente de Filomena y ésta había mejorado mucho. Cesare había tenido que ir a Hong Kong y a otro país de Asia, según Filomena, donde llevaba ya diez días. Y, al parecer, se había fiado lo suficiente de ella como para dejarla a cargo de su abuela.

En general, Milly se encontraba más cómoda y relajada que cuando llegó. Le gustaba lo que hacía. Filomena y ella se llevaban muy bien y la vida había empezado a transcurrir en una agradable rutina.

Pero...

Su engaño cada día le hacía sentirse peor. Mentir a una amable y confiada anciana era repugnante, no se podía calificar de otra manera, y ella no había avanzado respecto a localizar a su hermana. Y engañar a Cesare era igualmente despreciable.

Iba a tener que confesarse, decidió con un vuelco en el estómago. Iba a tener que dejar que Cesare, con su influencia y su dinero, encontrara a Jilly y permitir que su hermana aclarase el malentendido y demostrara a Cesare que ella no había robado nada. Quizá Cesare no la denunciara, quizá.

Y aunque no tan importante sí le resultaba muy desagradable tener que vestir la ropa de su hermana. Todo era demasiado ceñido, demasiado corto, demasiado escotado o demasiado descocado. Se pusiera lo que se pusiese, se sentía incómoda.

Achacando su mal humor a la minifalda de cuero color crema y a la blusa de cuero sin mangas que hacía juego con la falda, agarró unas tijeras de podar del cobertizo del jardín y cruzó el pavimento del patio con unos tacones altos que a Jilly debían parecerle *de rigueur*. Desgraciadamente, las sandalias de las tiras de cuero se le habían roto en la isla mientras iban a toda prisa hacia el helicóptero para volver a la villa.

Rosa estaba pasando un par de horas con Filomena, como hacía todos los días al mediodía, mientras Milly iba a cortar flores para la habitación de Filomena. Sabía que le encantaba tener flores recién cortadas en la habitación.

Se dirigió al parterre de box, con su elaborado diseño, sus urnas de piedra y su magnífica fuente central, a través de lo que Filomena llamaba su jardín inglés, una zona amurallada por setos de plantas coníferas cuyo interior estaba repleto de rosales y espliego.

Después de saludar a su abuela y a Rosa, y de asegurarse de que Nonna estaba mejorando, Cesare fue a su despacho y soltó el grueso portafolios. Luego se aflojó la corbata pensando que se alegraba de haber vuelto a casa.

Había trabajado desde la casa la mayor parte de los últimos meses, aunque había ido a Florencia cuando lo requería la situación; pero se había sentido atrapado, echaba de menos los viajes en su avión privado que le llevaba a inspeccionar cualquier rincón de su imperio económico donde había problemas.

Había sido necesario permanecer en la casa por el desánimo inicial de su abuela; luego, por su falta de confianza en Jilly Lee.

Y había sido una suerte estar en casa, ya que a él le había tocado la tarea de descubrir las actividades delictivas de aquella sinvergüenza.

Un problema en una refinería en Asia había requerido últimamente su presencia, al igual que la apertura de una nueva oficina en Hong Kong relacionada con el negocio de las piedras preciosas. Hasta hacía poco, lo que más le gustaba de su trabajo era viajar de una rama a otra de sus negocios con el fin de asegurarse de que todo fuera bien.

Sin embargo, durante el último viaje, en vez de sentirse libre y contento haciendo lo que tan bien se le daba, no había hecho más que echar en falta el hogar familiar.

Enfrentándose a los hechos, como solía hacer, se quitó la chaqueta del traje y se acercó al balcón, ignorando el ruido de la máquina de fax.

El motivo no había sido la preocupación por su abuela, ya que había hablado con Rosa a diario y sabía que Nonna estaba bien.

El problema era que no había podido quitarse de la cabeza a la impostora. Había pasado noche tras noche recordando la perfección de su cuerpo cuando la vio en la playa casi desnuda, apenas cubierta por el biquini negro.

Tenía que descubrir la razón por la que se estaba haciendo pasar por su hermana gemela. Cada vez que pensaba en forzarla a decir la verdad, ocurría algo que se lo impedía. Era como si el destino estuviera en su contra. Pero necesitaba saber la verdad.

Iba a obligarla a confesar, pero cuando su abuela se recuperase del todo. Cabía la posibilidad de que, al sentirse descubierta, la impostora huyese...

Y él era suficientemente honesto para reconoccr quc había más dc una razón para no querer que eso ocurriese.

De repente, sintió una punzada de deseo penetrándole. El objeto de sus pensamientos acababa de aparecer en el patio con unas flores en el brazo.

Se la veía incómoda. La vio detenerse un momento para tirar de la minifalda, una prenda que mostraba la mayor parte de sus deliciosas piernas.

Obviamente, era la clase de falda que a Jilly le gustaba, pensó Cesare mientras veía a Molly atravesar el patio con paso poco firme calzada con esos altos tacones.

Cesare exhaló aire, olvidando su deseo momentáneamente. Sintió pena por Milly y decidió hacer algo por ella.

Al momento, se acercó a la chaqueta del traje, sacó el teléfono móvil del bolsillo, lo abrió y comenzó a marcar.

–Son preciosas, querida –dijo Filomena mientras Milly colocaba las flores en el jarrón de cristal–. ¡No sabes cuánto hecho de menos mi jardín inglés! Te agradezco que me hayas traído un poquito de él aquí.

–Pronto podrás volver –le prometió Milly con una cálida sonrisa.

La semana siguiente Filomena tenía que ir al hospital para hacerse unos rayos X y, de haber soldado la clavícula, podría salir de la casa. Ya podía caminar un poco por la habitación sin que le doliera y también sentarse en el sillón junto a los ventanales durante varias horas.

–Dime, ¿te apetece que te lea?

Había una estantería llena de libros nuevos que, según le habían dicho, Filomena y Jilly habían comprado en Florencia. Todos estaban en inglés. Actualmente estaban leyendo un libro de Dickens.

–Más tarde –contestó Filomena con un brillo

travieso en los ojos–. Ahora vamos a charlar un rato, quiero que me cuentes algo de ti; sobre todo, la parte referente a los jóvenes que ha habido en tu vida. Debe haber alguien especial esperándote en Inglaterra, ¿no? Deseando volverte a ver, al igual que tu hermana.

Milly temió verse presa de un súbito ataque de histeria. Hasta la fecha, nadie le había vuelto a decir nada sobre invitar a su hermana a pasar unos días de vacaciones en la villa.

–No tengo novio –respondió Milly intentando contener el pavor que sentía.

–Me cuesta mucho creerlo –comentó Filomena sonriendo.

Milly se revolvió incómoda en la butaca. Aquella falda de cuero era ridícula y estaba deseando quitarse los tacones, los pies le dolían. ¿Cómo podía Jilly andar con semejante calzado?

Por suerte, Cesare entró en la habitación, librándola de contestar. Pero no sabía que había vuelto y, de repente, un súbito calor le invadió la pelvis al contemplar los anchos hombros de él y sus largas piernas mientras se aproximaba a su abuela para darle un beso, sin lanzarle una sola mirada en reconocimiento de su presencia.

Viendo que era la oportunidad perfecta para desaparecer, Milly se puso en pie.

Cesare le impidió la retirada.

–No te muevas de donde estás. Necesito hablar con las dos.

El rostro de Milly enrojeció al instante, pero intentó mantener la compostura.

–Nonna, tengo que ir a Florencia y, si no te importa, me gustaría que Jilly me acompañara. Supongo que necesita comprar algunas cosas y luego me gustaría invitarla a cenar.

Era una bomba. ¿Qué se tramaba?

Milly, inconscientemente, lanzó una mirada suplicante a Filomena, esperando que la anciana se opusiera.

–¡Es una idea magnífica! –exclamó Filomena–. Yo he tenido la culpa, con lo del accidente, de que no haya podido tener esa semana de descanso en la isla, y no ha hecho más que intentar complacerme de todas las maneras posibles. Ni una hija podría haberse portado mejor. ¡Se merece algo de diversión!

A Milly no se le ocurrió nada que pudiera sacarle de aquella situación, a menos que fingiera un desmayo. Y como no se fiaba de sus habilidades como actriz, respondió con cierta tensión:

–En ese caso, voy a cambiarme.

–No es necesario –le dijo Cesare acercándose a ella–. Ya te cambiarás luego. Stefano nos está esperando.

Capítulo 9

CON LOS ojos fijos en la nuca de Stefano, el conductor de Cesare, durante el trayecto en coche a Florencia, Milly se juró a sí misma contarle todo a Cesare en el momento en que se quedaran solos.

Apretando los dientes, ignoró la tensión que le producía imaginar la cólera de Cesare cuando le confesara la verdad, y el odio que iba a sentir por ella. Con el fin de no seguir pensando en ello, se preguntó por qué Cesare, sentado a su lado impasible en el asiento posterior, habría decidido llevarla a Florencia.

Se lo habría preguntado de haber creído que le contestaría con la verdad, no con una excusa apropiada para los oídos de Stefano.

Cuando el coche se detuvo a las puertas del hotel Saracino Palace, ella contempló con admiración la fachada renacentista. En una de sus conversaciones, Filomena le había hablado del hotel, propiedad de la familia durante décadas, como si no fuera gran cosa.

Incapaz de imaginar lo que debía ser formar

parte de una familia con semejante volumen de dinero, Milly esperó a que Cesare terminara de darle instrucciones a Stefano y se apeara del coche.

–Vamos –dijo él simplemente.

Inmediatamente, la condujo al interior del edificio y Milly se encontró en el inmenso vestíbulo con suelo de mármol del hotel.

Con aquella vestimenta, los empleados del hotel debían pensar que era una prostituta a la que Cesare acababa de encontrar en la calle.

Sintiéndose sumamente incómoda, murmuró a Cesare:

–No llevo la ropa adecuada para este sitio. Y si estás pensando en cenar aquí... –Cesare le había dicho a Filomena que quería invitarla a cenar–. Preferiría un cualquier establecimiento en la calle.

Pero Cesare la empujó al interior de un ascensor privado y pronto comenzaron a ascender.

Apoyado en una de las paredes del ascensor, Cesare contempló a Milly disimuladamente. Lo sorprendía el sentimiento de culpa que sentía por lo que estaba a punto de suceder.

Decirle que sabía perfectamente quién era la haría sentirse avergonzada y muy incómoda, y él no quería decir ni hacer nada que pudiera hacerla sufrir. Por otra parte, no comprendía los sentimientos protectores que esa mujer despertaba en él.

Pero la situación tenía que aclararse, se recordó Cesare a sí mismo con fría decisión en el momento en que las puertas se abrieron dando paso al elegante cuarto de estar de una suite reservada exclusivamente para él.

Los finos tacones de Milly se hundieron en la alfombra color jade de la amplia sala donde un grupo de sillas tapizadas en seda color limón rodeaban una mesa de mármol. El resto del mobiliario lo componían muebles de madera antiguos y cuadros en las paredes.

–Esta suite es sólo para mí –explicó él, ignorando el deseo de besarla otra vez, como ya lo había hecho en aquella inolvidable ocasión en la playa–. Bueno, también para clientes importantes o algún compañero de negocios.

¿Había llevado allí a Jilly? ¿Quería renovar su aventura amorosa, lejos de su abuela?

¡Esa ridícula situación tenía que llegar a su fin!

Haciendo acopio de todo su valor, Milly lo miró a los ojos y anunció:

–Tengo que hablarte.

La mirada de él fue cálida, a Milly le había parecido tierna, pero sabía que eran imaginaciones suyas. Y la sonrisa de Cesare le hizo olvidar lo que estaba a punto de decir mientras la guiaba hacia un suntuoso dormitorio donde media docena de cajas cubrían la enorme cama con colcha de satín.

–He pedido que trajeran esto. Es ropa, para

sustituir la que te dejaste en la playa con las prisas. Espero que te guste y que te esté bien. Di tu talla y detalles de cómo eras.

Cesare le puso una mano en la espalda y la empujó suavemente hacia la cama, pero ella clavó los tacones en la alfombra y dijo:

–¡No puedo aceptarla! Te lo agradezco, pero no puedo aceptar –Milly respiró profundamente y exhaló el aire de golpe–. No soy Jilly. Soy su hermana gemela. Siento haberte engañado, pero tenía mis motivos.

Cesare se vio incapaz de articular palabra momentáneamente, un inmenso alivio lo embargó. Numerosos detalles le habían indicado que Milly no se sentía cómoda con la situación en la que se encontraba, por propia voluntad o porque Jilly la hubiera forzado; pero, por fin, había encontrado el valor necesario para decirle la verdad y le había evitado acusarla. La admiraba por ello. ¿Se trataba de algo más que de admiración? Por el momento, se limitó a mirarla.

Las largas pestañas de Milly ocultaban parcialmente sus brillantes ojos, clavados en el suelo. Tenía el rostro muy pálido y los hombros tensos, como si esperase un ataque.

Con ternura, Cesare le puso un dedo debajo del mentón y la hizo alzar el rostro.

Milly recuperó el color al momento. La piel le quemaba mientras contemplaba la intensidad de esos ojos negros.

–Lo sé, Milly. Empecé a sospechar en el momento en que llegamos a la villa después de mi viaje a Inglaterra. Una llamada telefónica al día siguiente confirmó mis sospechas, justo antes de salir hacia la isla. Jilly Lee tenía una hermana gemela, Milly.

–¡Oh! –las piernas le temblaron–. ¿Por qué? ¿Por qué no me...?

–¿Por qué no te lo dije? –Cesare le rodeó la cintura con un brazo, la condujo hasta una *chaise-longue* y la vio acoplarse con un gesto que parecía desear que se la tragara la tierra–. Estuve a punto de hacerlo en varias ocasiones, pero siempre ocurría algo que me estropeaba los planes.

Cesare se sentó al lado de ella, sonrió y continuó con voz suave:

–La verdad es que ahora me alegro de no haberlo hecho. Mi primera reacción fue llevarte a la isla con la intención de hacértelo pasar mal durante el primer día y luego revelarte que sabía quién eras, a bocajarro, y hacértelo pagar. Pero de haberlo hecho, no habría descubierto lo distinta que eres a tu hermana.

–No comprendo –dijo Milly con un nudo en la garganta.

Cesare estaba tan cerca de ella que podía oler su aroma, haciendo que el cuerpo entero le temblase. Se sentía como borracha cuando estaba tan cerca de él, aunque sabía que no debía ocurrir.

Un leve gemido escapó de sus labios y, en ese

momento, vio a Cesare ponerse en pie bruscamente y salir de la habitación.

No sabía si estar contenta de que la cólera que había temido se apoderase de Cesare no se hubiera producido o si sentirse humillada porque, todo el tiempo, Cesare sabía quién era y debía haberse estado riendo de ella.

Cesare volvió al cabo de un momento y le dio una copa.

–Es un poco de coñac. Te sentará bien.

¡Hablaba con una complacencia inaguantable! Milly vació la copa de un trago y exclamó furiosa:

–¡Así que has estado riéndote de mí todo este tiempo! ¡Has dejado que me pusiera en ridículo! ¡Te odio!

–No, no me odias –declaró Cesare con irritante calma al tiempo que le quitaba la copa vacía de las manos–. La hilaridad no se cuenta entre los sentimientos que has podido despertar en mí. Admito que, al enterarme, estaba hecho una furia. Luego sentí curiosidad por saber por qué estabas suplantando a tu hermana; sobre todo, teniendo en cuenta lo distintas que sois.

–¡No tanto! –le contradijo Milly, que empezaba a notar los efectos del alcohol–. Llevamos el pelo distinto, eso es todo. Jilly jamás llevaría el pelo corto, pero eso tú no tenías por qué saberlo.

–En el físico, sí sois iguales; es decir, si a tu hermana se le quita toda la pintura que lleva siempre encima. Pero en la forma de ser sois completamente diferentes –Cesare le puso las manos en el rostro–. Jilly es dura y egoísta. Manipuladora. Intenta hacerse la simpática cuando le interesa, pero es hipócrita. Utiliza el sexo para conseguir lo que quiere, y eso la afea.

Las yemas de los dedos de Cesare le acariciaron los pómulos, y sintió que el corazón le daba un vuelco. Se olvidó de lo que iba a decir en defensa de su hermana cuando él continuó:

–Tú eres hermosa. Tú eres cariñosa y tierna. No obstante, no tienes miedo de enfrentarte a alguien si crees que se ha cometido una injusticia. Te admiro por ello. Ésa es la extraordinaria diferencia entre tu hermana y tú.

Encantada con el roce de las manos de él, Milly tuvo que hacer un ímprobo esfuerzo para no arrojarse a sus brazos y pedirle que la besara.

–Y ahora... –las manos de Cesare abandonaron su rostro y la ayudó a ponerse en pie–. Vamos. Ve a darte una ducha, ponte ropa más cómoda y apropiada, e iremos a cenar. Mientras cenamos me contarás el motivo por el que te has hecho pasar por Jilly.

Milly le permitió que la condujera hasta la cama.

–Escoge la ropa que quieras –sugirió Cesare–. Es evidente que no te encuentras cómoda con la ropa de tu hermana.

El comentario no mereció respuesta. Con manos temblorosas, Milly abrió la caja más próxima y lanzó una exclamación de asombro al ver en ella un vestido de ensueño. El tejido era a rayas color crema y rosa, tenía un discreto escote en pico y una amplia falda. Era la clase de vestido que ella habría elegido de tener dinero para comprarlo.

Con entusiasmo abrió el resto de las cajas, que contenían pantalones de corte de sastre en colores crema y gris marengo, elegantes camisas, bonitas faldas y blusas, y zapatos con discretos tacones. Incluso había ropa interior.

–No puedo aceptar esto –dijo Milly por fin con pesar.

–Claro que puedes –Cesare ignoró sus objeciones–. Considéralo parte del salario.

–Dijiste que tenía que trabajar sin recibir salario a cambio –le recordó ella.

–Cuando dije eso, aún creía que eras tu hermana. Pero tú no eres Jilly. Has atendido muy bien a mi abuela. Le has leído, has pasado el tiempo charlando con ella, le has llevado flores y la has entretenido. No espero que nadie trabaje gratis. Y ahora, permíteme que te pida que te des una ducha y que te quites la ropa que llevas.

Cesare se dio media vuelta, la tentación de quitarle la falda él mismo era demasiado grande.

Milly dejó de hacer un esfuerzo por entenderle. Fundamentalmente, era un buen hombre. Se preocupaba por sus empleados, siempre los trataba con amabilidad y consideración, y adoraba a su abuela, que le había criado tras la muerte de sus padres.

Así pues, relajándose, Milly se dio la ducha más deseada de su vida.

Cuando salió de la ducha, se envolvió en una enorme toalla y, de repente, se quedó inmóvil, casi incapaz de respirar.

Cuando Cesare empezó a hacerle el amor en la isla, ya sabía que no era Jilly, su ex amante. ¡Lo sabía!

¡Era ella, Milly, quien lo atraía!

Se miró en uno de los espejos y el corazón le dio un vuelo. Tenía los ojos enormes y brillantes, y los labios parecían más hinchados, suaves, como si acabaran de ser besados.

Conteniendo un gemido, se apartó del espejo y empezó a secarse el pelo con vigor. No quería pensar en eso, era un camino que no llevaba a ninguna parte.

Se puso la bonita ropa interior y el vestido de ensueño, que le sentaba a la perfección. Era un vestido elegante y con clase, muy distinto a la ropa que le gustaba a su hermana.

Se peinó, se puso unas cómodas sandalias con un poco de tacón y se dispuso a reunirse con Cesare para decirle que Jilly no era una ladrona y que todo debía haber sido una terrible equivocación. También iba a rogarle que la ayudara a encontrarla porque su preocupación iba en aumento.

Entonces, cuando se disponía a acercarse a la puerta que daba al cuarto de estar, Cesare apareció.

Se había quitado la chaqueta del traje y la corbata de seda, llevaba una camisa de algodón blanco que le cubría los tensos hombros.

Después de mirarse a los ojos durante lo que a Milly le pareció una eternidad, Cesare le sonrió. Lenta e irresistiblemente.

–Ven aquí –le dijo Cesare con voz espesa.

Capítulo 10

MILLY caminó como sonámbula, algo en las profundidades de esos ojos negros, irresistible y ardiente, la estaba llevando hacia él.

Con el cuerpo increíblemente sensible, se detuvo delante de él, sintió el calor que emanaba de su cuerpo, las firmes caricias de sus manos alrededor de su pequeña cintura.

–*Bella, bella. La direttrice* –le susurró Cesare–. Perdónamc. Ya sé que no hablas italiano.

Las manos de Cesare seguían acariciándola. Sus pechos se irguieron en busca del roce con él.

Las caricias de Cesare ascendieron y Milly se mantuvo muy quieta, tensa. Ardiente. Un centímetro más arriba y Cesare alcanzaría sus pechos.

Apenas conteniendo la excitación que le corría por la espalda y le bajaba por la entrepierna, Molly le suplicó en silencio que alzara las manos.

Entonces, con voz ronca, Cesare le prometió:

–Te enseñaré a hablar mi idioma. Será un placer para ambos.

A la velocidad del rayo, Milly volvió a la realidad.

¿De qué estaba hablando Cesare? ¿Y qué demonios estaba haciendo ella? ¿Y por qué iba a enseñarle su idioma? ¿Cuándo? ¿Esperaba Cesare que se quedara en Italia? ¿Como dama de compañía de Filomena, a pesar de que la odiaría cuando se enterase del engaño? ¿O porque quería que compartiera su cama, como lo había hecho con Jilly por un corto periodo de tiempo?

Colocándole las manos en el pecho, lo empujó para librarse de sus brazos. Después, con voz temblorosa y enfado, dijo:

–Tenemos que hablar de mi hermana, ¿o lo has olvidado?

–¿En serio? –Cesare, con humor, le puso las manos encima de los hombros.

–Le has hecho mucho daño –dijo ella–. Al menos, eso es lo que me parece, a juzgar por los datos que tengo.

–¿No me digas? –Cesare parecía realmente sorprendido–. Bien, explícate.

La llegada del servicio de habitación le concedió unos momentos que aprovechó para recuperar la compostura. Un delgado camarero empujó un carrito hasta la terraza del cuarto de estar.

–Hablaremos mientras cenamos.

La mano de Cesare en su espalda la empujó

suavemente hacia la terraza con vistas a los jardines del hotel. El perfume del jazmín los envolvió.

Cesare apartó una silla para que se sentara.

–Y después de hablar, ¿quién sabe? –dijo él.

Milly prefirió hacerse la sorda. Pero tembló ligeramente, a pesar de la calidez de la brisa de la tarde.

Se sirvió un poco de esto y lo otro, sin saber realmente lo que iba a comer porque no tenía apetito.

Un trago de refrescante y espumoso champán le animó a declarar:

–Jilly no es una ladrona. En mi opinión, se marchó así, de improviso, porque tú le habías hecho mucho daño. La última vez que tuvimos noticias suyas nos dijo que iba a dejar su trabajo como recepcionista, creo que dijo recepcionista aunque no estoy segura, en un club nocturno aquí en Florencia. No dijo adónde iba ni qué iba a hacer, sólo que pronto podría devolverle a mi madre todo el dinero que le debía.

Milly lanzó a Cesare una mirada acusadora y clavó el tenedor en una gamba como si deseara que la gamba fuera él.

–Es evidente que creía que todo le iba muy bien. No sabíamos que se había ido a vivir contigo, haciendo de acompañante de tu abuela. Supongo que debió conocerte aquí, en Florencia. Os hicisteis amantes y también supongo que mi hermana creía que ibas a casarte con ella.

Milly se refrescó la garganta con otro trago de champán.

–Cuando se dio cuenta de que el matrimonio no formaba parte de tus planes, se marchó, con el corazón destrozado –Milly le lanzó una severa mirada–. Sé que nunca antes se había enamorado. Tuvo muchos novios; según ella, ningún hombre se le resistía. Pero nada serio. Excepto tú, al parecer. Sin embargo, tú sólo querías una cosa, sexo.

Milly dejó la copa con brusquedad encima de la mesa.

–Lo del robo tiene que tratarse de un error. Y quiero que me ayudes a encontrarla –los labios le temblaron–. Estoy empezando a preocuparme de verdad. Y Jilly ni siquiera sabe... ni siquiera sabe que mamá ha muerto.

–*Cara* –Cesare se inclinó sobre la mesa, sus ojos llenos de preocupación–. No soporto verte disgustada. La encontraremos, te lo prometo. Ya la están buscando.

–¿Sí? –las cejas de Molly se juntaron.

–Sí, claro que sí –Cesare se recostó en el asiento.

–Sí, claro que sí –repitió ella imitándole–. ¡Cómo puedo ser tan tonta! Sabes, la razón por la que decidí hacerme pasar por Jilly fue para que dejaras de buscarla. De esa manera, Jilly tendría tiempo para sobreponerse al sufrimiento que tú le habías causado, tiempo para recuperarse y encontrar la fuerza necesaria para enfrentarse a ti y defenderse de esas ridículas acusaciones. Pero en el momento en que supiste quién era yo, debiste hacer que se reanudara la búsqueda de mi hermana.

Molly se enfureció al verle arquear las cejas. Al instante, se puso en pie de un salto.

–Llévame de vuelta a la villa. Se está haciendo tarde –alzó la barbilla y los ojos le brillaron de furia–. Haré compañía a Filomena hasta que se reponga; es decir, si sigue queriendo que le haga compañía cuando se entere de quién soy realmente. Después, me iré.

Y cuanto antes mejor. Era lo suficientemente estúpida para enamorarse de ese mujeriego. De seguir allí, acabaría con el corazón destrozado como su hermana.

–Mi abuela no espera que volvamos esta noche.

Esa simple declaración la retuvo. ¡Sinvergüenza! El viaje a Florencia, la ropa, la cena y el champán... ¡Todo para seducirla!

Cesare se había levantado y se había colocado delante de la puerta que daba al interior de la suite, bloqueándole el camino.

Molly volvió a encararse con él.

–¿Es tu forma acostumbrada de seducir? ¿Regalos y promesas de matrimonio para luego, cuando te aburres, darte la vuelta y marcharte? –Molly respiró hondamente, su tono de voz se tornó gélido–. Déjame pasar.

La luz del crepúsculo los envolvía, pero Molly pudo ver enfado en el rostro de él.

–No tengo una forma acostumbrada de seducir y no recuerdo haberte pedido que te cases conmigo –le espetó Cesare al tiempo que le agarraba los brazos–. Además, será mejor que aclaremos unas cuantas cosas, ya que has decidido que yo sea el malo de la película.

Cesare la miró fijamente y continuó:

–En primero lugar, y ya que tu hermana es lo que más te importa, te diré que se la localizó en un club nocturno de esta ciudad. Trabajaba allí, y no como recepcionista; aunque, por supuesto, en el currículo que nos entregó no mencionó dicha ocupación. No mantuvo contacto con nadie del club, y tampoco nadie mostró interés por ella. No gustaba. Se siguió la pista de su antiguo trabajo en Londres, pero nada. Desde entonces, se la está buscando otra vez en Italia. Lo siento, pero aunque Jilly pueda atraer a cierto tipo de hombres, no gusta a las mujeres.

Tratando de asimilar lo que Cesare acababa de decirle, que Jilly no gustaba a sus compañeras de trabajo, no se resistió cuando Cesare le rodeó la cintura con los brazos y la condujo al cuarto de estar de la suite.

Allí, la hizo sentarse en una butaca y él se acomodó en el brazo de la butaca contigua.

Milly desvió la mirada de él. Era demasiado guapo, demasiado tentador. Lo odiaba por lo que estaba diciendo de su hermana; no obstante, lo deseaba. Pero ella tenía que encontrar la manera de defender a Jilly, tenía...

–En cuanto a las firmas falsas en los cheques no hay duda alguna –declaró Cesare–. Un experto en caligrafía confirmó mis sospechas. La firma de mi abuela ha sido falsificada en varios cheques.

Obligándose a ignorar la súbita palidez del rostro de Milly, Cesare añadió:

–Y para que lo sepas, jamás hemos sido amantes.

Al oír eso, Milly enderezó la espalda.

–¡Cómo es posible si casi lo admitiste! En una ocasión, al principio, te llamé señor Saracino y me dijiste que cuando fui a tu cama no me dirigía a ti en términos tan formales –protestó Milly, desafiándole con la mirada.

Si había mentido respecto a eso, podía haber mentido respecto a todo lo demás.

–Es verdad –Cesare le puso una mano en la barbilla y su voz se suavizó–. No voy a repetir las groseras palabras que ella utilizó cuando apareció en mi habitación desnuda y sin que la invitara nadie. A eso es a lo que me referí cuando te dije aquello y aún creía que tú eras tu hermana. Pero te aseguro que le dije que o se marchaba inmediatamente o perdía el trabajo, a pesar de que entretenía a mi abuela. Me tenía harto con su coqueteo y sus insinuaciones. Jamás me interesó tu hermana, nunca. Poco tiempo después de aquel incidente, cuando se dio cuenta de que conmigo no tenía nada que hacer, desapareció. Y unos días más tarde, cuando hice la contabilidad de mi abuela, fue cuando noté que faltaba una considerable cantidad de dinero. El resto ya lo sabes.

Milly cerró los ojos para evitar que le viera las lágrimas. Estaba destrozada. Se había resistido, pero no tenía más remedio que creer a Cesare. Él no tenía por qué mentir.

Pero Jilly... Tenía la horrible sensación de que era verdad todo lo que él había dicho de ella.

No podía seguir engañándose. Debía reconocer que Jilly había agarrado los ahorros de su madre, los había perdido y mucho más. Después, todas esas vacías promesas de devolver hasta el último céntimo. A lo que había que añadir que llamaba o escribía muy de tarde en tarde, como si ellas no le importaran, como si el hecho de que vivieran en aquel diminuto piso alquilado después de liquidar sus deudas no tuviera nada que ver con ella.

Había presumido de conseguir cualquier hombre que quisiera. Ningún problema.

¡Pero no ese hombre!

Y ese hombre ahora le estaba secando las lágrimas.

–Siento que te hayas disgustado, *cara*. Pero tenía que decírtelo. Por mí.

¿Por él?

Milly le vio inclinado sobre ella, ayudándola a ponerse en pie, rodeándola con sus brazos.

No se habría podido apartar aunque hubiera querido. Pero no quería, se sentía a salvo.

–Siempre has adorado a tu hermana –supuso Cesare astutamente.

–Sí, supongo que así es –Milly alzó el rostro y

lo miró a los ojos, en ellos vio preocupación y ternura protectora–. Jilly siempre fue la fuerte.

«Mandona», corrigió Cesare en silencio.

–De pequeñas, siempre cuidaba de mí. Me decía que, si alguien se metía conmigo, se lo dijera cuanto antes, que ella lo arreglaría.

De esa forma, siempre dominaba ella, pensó Cesare. Convencido de que Jilly jamás haría nada que no fuera en provecho propio.

–Le daba la cara a mi padre –recordó Milly con voz queda–. Mi padre era muy autoritario y, a veces, Jilly no se salía con la suya... pero siempre conseguía lo que quería con mi madre.

Para desgracia de su madre, que se endeudó por completo a causa de Jilly y acabó perdiendo todo lo que tenía, pensó Milly con súbito enfado.

Entonces, como si quisiera borrar ese sentimiento, le confió con voz temblorosa:

–Cuando amenazaste con denunciarla, me di cuenta de que tenía que hacer... lo que hice con el fin de ayudarla. Somos gemelas. Créeme, a pesar de sus defectos, hay un lazo de unión fuerte entre ambas.

Un lazo de unión que sólo tenía importancia para Milly, pensó Cesare, pero se contuvo de decirlo en voz alta.

–Cuando la encontremos, y te aseguro que la encontraremos, te prometo que no la denunciaré; es decir, si eso es lo que quieres. No obstante, le voy a dar un susto que te aseguro no se le va a ocurrir volver a meter la zarpa en el bolsillo de nadie durante mucho tiempo.

Milly, cerrando los ojos, sintió un inmenso alivio. Sabía que Cesare cumpliría su palabra. Quizá Jilly hubiera robado por encontrarse desesperada. Eso no disculpaba lo que había hecho, pero ella seguía sin poder soportar la idea de que su hermana acabara en la cárcel.

–Sólo una cosa más... –Milly sintió los labios de él en uno de sus párpados, luego en el otro. Lanzó un gemido de placer en respuesta–. Pedí toda esta ropa porque sabía que te sentías muy incómoda con la ropa de tu hermana. Y no te he traído aquí para seducirte, aunque admito que la idea es sumamente tentadora.

Milly abrió los ojos al momento y vio puro deseo en los de él. Tembló al darse cuenta de que sólo ese hombre podía despertar en ella una pasión que la hizo estar a punto de aceptar lo que él estuviera dispuesto a ofrecerle y al demonio con las consecuencias.

–Y creo que para ti también lo es –añadió Cesare acariciándole los pechos, haciéndola estremecer de pies a cabeza.

–Me parece que no deberíamos...

Pero sentía un fuego abrasador en la zona de la pelvis y se moría de ganas de arrancarle la ropa a Cesare.

Él la besó y murmuró:

–No pienses, déjate llevar por el corazón.

¡Justo ése era el peligro! Necesitaba algo que la hiciera recuperar el sentido.

–Te olvidas de que no soy mi hermana.

Cesare levantó el rostro ligeramente.

–No me olvido de nada, *cara mia*. Si fueses tu hermana yo no estaría aquí. No te desearía como jamás he deseado a una mujer.

Cesare le acarició la espalda, demostrándole lo mucho que la deseaba.

–Deja de compararte desfavorablemente con ella –añadió Cesare–. Tú tienes una hermosura de la que ella siempre carecerá. Mana de dentro de ti. Ella es un metal sencillo, tú eres oro. No lo olvides nunca.

Las palabras de Cesare la marearon. Durante toda su vida, ella había vivido a la sombra de su hermana. Jilly siempre dominaba.

Como no era envidiosa, Milly se había resignado. Pero ahora, ese hombre increíblemente carismático y sensual... ¡la prefería a ella!

De repente, Jilly le rodeó el cuello con los brazos, consciente de que se había enamorado de él y ya no le daba miedo. Era maravilloso. Nunca se arrepentiría de ello, a pesar de saber que Cesare no le correspondía.

Una sacudida de placer recorrió a Cesare. Entonces, levantó a Milly en sus brazos y la llevó al dormitorio.

Capítulo 11

MILLY se despertó con la llegada del camarero con el desayuno después de tan sólo un par de horas de sueño. Se había dormido al amanecer en los fuertes brazos de Cesare.

Al instante se dio cuenta de que estaba sola en la cama. La luz se filtraba por las rendijas de las persianas, pero no tenía ganas de levantarse porque estaba segura de que Cesare ahora estaría haciendo los preparativos para que regresara inmediatamente a Inglaterra, no creía que Filomena quisiera volver a verla.

Y aunque Cesare quisiera tenerla en la villa, disponible para cuando se le antojara y hasta que se aburriera de ella, siempre se sometería a los deseos de su querida abuela.

No obstante, sabía que volver a Inglaterra era lo mejor para ella. Perder a Cesare ahora era insoportable, pero cuanto más tiempo fuera su amante mucho más dura sería la separación.

Jamás olvidaría aquella noche, la noche más maravillosa de su vida. Nunca se arrepentiría de los preciosos momentos de su unión, se prometió a sí misma mientras se daba la vuelta en la cama hasta quedar tumbada boca abajo con el rostro enterrado en la almohada. Y nunca olvidaría a Cesare ni lo que significaba para ella.

Cesare se había mostrado paciente con su inexperiencia y había hecho gala de una ternura que provocó lágrimas en ella, haciéndola amarlo aún más.

–*Cara*... –un beso en el hombro la hizo volverse de inmediato.

Ahí estaba Cesare, con el cabello mojado de la ducha, su piel con gotas de agua y sólo una toalla atada a la cintura.

Milly lo miró con adoración; después, alzó los brazos hacia él, maravillándose de que la luz del día no disipara la intoxicante intimidad de la noche, dejando que la sábana le cayera hasta la cintura revelando sus pechos.

Cesare se sentó en la cama a su lado, le tomó las manos y murmuró con voz ronca:

–¡Es muy difícil resistirse a ti! Sin embargo... –Cesare le soltó las manos, agarró una taza de café que había en la mesilla de noche y continuó–. Tengo que volver a la villa y tengo que hablar con mi ayudante personal para que convoque una junta en Nueva York la semana que viene.

Esas palabras fueron como un jarro de agua fría. Algo que para ella era tan maravilloso, para él era sólo un interludio, sus negocios parecían mucho más importantes; a la luz del día, la intimidad de la noche quedaba olvidada.

¿Era eso lo que ocurría cuando una persona se acostaba por primera vez con otra?

No lo sabía. Era su primera experiencia amorosa.

Evitando los ojos de Cesare, que siempre la dejaban sin respiración, preguntó:

–¿Qué le digo a Filomena? Se va a disgustar mucho cuando se entere del engaño. No quiero seguir fingiendo, hace que me sienta muy mal. Pero seguiré fingiendo una o dos semanas más si tú crees que lo mejor es esperar a que se recupere del todo para decírselo.

Por fin, Milly alzó los ojos y lo miró.

–Bueno, ¿qué opinas?

–Creo que... –Cesare se interrumpió. Sus labios esbozaron una hermosa y sensual sonrisa–. Creo que deberíamos decirle que vas a ser mi esposa.

Milly se quedó boquiabierta, enrojeciendo.

–Por favor, déjate de bromas. No tiene ninguna gracia.

Cesare le quitó la taza de café de las manos, la dejó en la mesilla y volvió a tomar las manos de ella en las suyas.

–Jamás he hablado más en serio, *amore* –dijo él antes de besarle las manos–. Te quiero. Quiero tu exquisito cuerpo y tu dulce corazón. Lo quiero todo, toda tú. Quiero cuidar de ti, protegerte, adorarte, mimarte. Quiero ser tu esposo y darte hijos.

Con los ojos desmesuradamente abiertos, Milly sacudió la cabeza como si quisiera despejarla. ¿Estaba soñando? ¿Cómo podía el hombre más maravilloso del mundo querer hacerla su esposa?

Milly posó una mano en el rostro de él para cerciorarse de que era real y no un producto de su imaginación nacido del sobrecogedor amor que sentía por él.

–Di que sí –dijo Cesare con voz espesa, haciendo que el corazón de ella quisiera salírsele del pecho.

Entonces, posó los labios en los de ella y se los besó hasta dejarla jadeante de deseo.

–¡Sí, claro que sí! Cesare, te amo. ¡Te quiero tanto!

–Nunca te arrepentirás, mi amor –poniéndole las manos en los hombros, la mantuvo a cierta distancia de sí–. Y ahora, a pesar de lo mucho que lo siento, tenemos que vestirnos. Stefano va a venir a recogernos dentro de media hora para llevarnos a la villa.

Tras dedicarle una breve e irresistible sonrisa, Cesare se puso en pie, dejó caer la toalla y se acercó gloriosamente desnudo al mueble de cajones, del que empezó a sacar ropa al azar. Su cuerpo era tan perfecto que la dejaba sin respiración, incapaz de moverse, llena de excitación y embriagada de felicidad.

Milly disculpó a Cesare su capacidad para pasar de un asunto tan íntimo y personal a las exigencias prácticas del momento en un instante.

–Pensándolo bien, *cara mia*, y siempre que tú estés de acuerdo, creo que será mejor no decirle a Nonna que queremos casarnos hasta que no esté bien del todo –Cesare se subió unos pantalones grises y se los abrochó–. Conozco bien a mi abuela y, como sé que es una cabezota y que se va a volver loca de contenta cuando se entere de que por fin voy a casarme, también sé que va a ponerse a preparar la boda inmediatamente: lista de invitados, banquete, flores, ropa... Nada conseguiría contenerla. Y me temo que, en su estado, sería excesivo para ella. ¿Lo comprendes, verdad?

–Por supuesto –respondió Milly, amándolo aún más por su consideración.

Además, ¿qué importancia tenía retrasar el anuncio de la boda un par de semana?

–*Grazie* –la sonrisa de Cesare la deslumbró–. Además, voy a estar de viaje de negocios unas semanas. A mi regreso anunciaremos la boda. En cuanto a lo que Nonna va a pensar cuando se entere de quién eres, no debes preocuparte. Mi abuela ya lo sabe.

–¡Lo sabe! –Milly agrandó los ojos desmesuradamente.

–Sí, así es –Cesare se estaba atando una corbata plateada–. Le conté lo del robo de tu hermana y quién eras tú. No la sorprendió. Es más, cuando le dije que te iba a traer aquí, al hotel, para aclarar la situación de una vez por todas, me pidió que no fuera duro contigo. Mi abuela estaba segura de que debías tener buenos motivos para hacer lo que hiciste; me dijo que eras demasiado buena para hacer daño intencionadamente.

Cesare se acercó a la cama, le agarró las manos y la ayudó a levantarse.

–Vamos, no tienes por qué preocuparte. Y ahora, vístete.

Tan pronto como llegaron a la villa, Cesare se disculpó y fue a su despacho. Pronto llegó su ayudante, un joven eficiente.

A pesar de las palabras de Cesare, Milly estaba nerviosa cuando fue a ver a Filomena. Pero la anciana se mostró encantada de verla y disipó inmediatamente su angustia.

–Estaba un poco sorprendida por el cambio de carácter de mi acompañante. De haber tenido la cabeza en su sitio, habría sospechado inmediatamente. Tu hermana era muy animada y alegre, tú eres muy tierna y cariñosa. Y mucho más considerada. También debería haber sospechado cuando elegiste un libro de Dickens, al contrario que las novelas de amor de tu hermana. Por favor, no me malinterpretes, no estoy reprochándole nada a tu hermana. Al principio, me sentí muy bien con ella. ¡Me había aburrido de representar el papel de anciana! ¡Cesare estaba convencido de que había perdido las ganas de vivir! Jilly, con su animada charla y su vivacidad, me sacó del estado en el que me encontraba; se animaba, sobre todo, cuando aparecía mi nieto. A veces, por las noches en mi habitación, la oía reír fuera, en el jardín, con mi nieto y pensaba... da igual. Sí, era encantadora. Le hacía a uno querer perdonarle cualquier cosa.

–¿Incluso robo? –Milly tuvo que hacer la pregunta, estaba avergonzada.

–Sí, incluso eso. Debía estar desesperada y yo tengo mucho dinero. Pero no, el robo no me parece una buena elección. Y ahora, hablemos de cosas más agradables.

En la cena, la primera que Filomena tomó fuera de su habitación, Milly, aprensiva porque Cesare parecía estar muy distante, abordó el tema de la boda de su amiga.

–Cleo quiere que sea su dama de honor y no me gustaría desilusionarla. Además, tengo que dejar el piso.

Había perdido la esperanza de que Jilly tratara de llamar a la casa. Durante la ausencia de Cesare, había telefoneado a Cleo y a su casero y les había dado el teléfono de la villa para que se lo dieran a su hermana por si intentaba ponerse en contacto con ella, pero nada.

–¿Cuándo es la boda? –preguntó Cesare.

Milly vio la frialdad de su mirada y una profunda desilusión la embargó. La noche anterior había visto esos mismos ojos llenos de deseo. Pero ahora la miraba como si fuera una sirvienta pidiendo unos días libres.

–Dentro de unas seis semanas –respondió ella con voz incierta–. Pero tengo que estar en Inglaterra dos semanas antes para comprar ropa para la boda y ese tipo de cosas. Volveré el día siguiente a la boda.

Cesare estaba de perfil a ella, y Milly dudó de que hubiera prestado atención a lo que había dicho. Fue Filomena quien habló.

–Por supuesto que puedes marcharte. Y quién sabe, es posible que tengas noticias de tu hermana. Sé que estás preocupada por ella. Cesare... –la voz de Filomena se endureció–. ¿Te ocuparás tú de este asunto?

–Nonna, ya te he dicho que no voy a estar aquí. Sin embargo, hablad con Stefano y él se encargará de arreglar el viaje. Y ahora, si me disculpáis, tengo trabajo antes de salir para Madrid mañana por la mañana.

Milagrosamente, Milly logró acabar la cena y ayudar a Filomena a acostarse como si no ocurriera nada.

No lograba comprender la actitud de Cesare durante la cena, no le parecía el mismo hombre que le había hecho el amor y le había pedido que se casara con él.

Tras decidir levantarse pronto por la mañana,

antes de que él se marchara, con el fin de pedirle una explicación, Milly se dio una ducha, se cepilló los dientes y, con una camiseta grande a modo de camisón, se metió en la cama.

De repente, la puerta de la habitación se abrió y Cesare, cubierto con un albornoz, se adentró en la estancia.

–¡Perdóname, mi amor!

La buscó en la oscuridad y la estrechó en sus brazos.

–¡Te he ignorado! –confesó Cesare con voz ronca–. No podía mirarte ni hablarte sin volverme loco de ganas de estrecharte en mis brazos y besarte. Te deseo tanto... me habría descubierto. Mi abuela está mayor, pero no es tonta. ¡Dime que me perdonas!

–¡Te lo perdono todo! –derritiéndose en sus brazos, Milly deslizó las manos por debajo del albornoz y con las yemas de los dedos acarició los duros músculos del pecho mientras respiraba aquel afrodisíaco aroma de hombre.

Inmensamente halagada de que él hubiera admitido no poder mirarla sin desear hacerle el amor, Milly se vanaglorió de su poder de mujer.

–En ese caso, sé la forma de poner a prueba tu poder de resistencia al límite. ¿No te parece?

–*¡Strega!* Menos mal que voy a estar de viaje, lejos de toda tentación mientras Nonna se recupera –entonces, Cesare la besó con apasionada intensidad.

Ambos acabaron desnudos mientras se besaban. Por fin, Cesare se apartó de ella y encendió la luz.

–Necesito verte, mi amor. Necesito deleitar mis ojos –la contempló y luego la hizo tumbarse en la cama–. Necesito tocarte... Aquí...

Le tocó los pezones, le acarició el vientre, más abajo...

–Y aquí...

Cuando la mano de Cesare le acarició los rubios rizos de la entrepierna y descubrió el centro de su placer, ella se revolvió en la cama, rogándole que calmara su deseo por él.

Comprendiendo el deseo de ella, Cesare la besó con suma ternura y le murmuró suavemente:

–Despacio, mi amor. Esta noche te voy a llevar al paraíso muchas veces. Te lo prometo.

Capítulo 12

LLOVÍA A raudales, en el piso se sentía un frío húmedo.

A Milly se le hizo un nudo en la garganta al pensar que su madre, acostumbrada a una vida cómoda en vida de su marido en las afueras de la ciudad, se había visto falta de tantas cosas durante los últimos años de su vida. Y todo por el egoísmo de Jilly.

Al examinar las cajas embaladas, Milly sintió una oleada de tristeza, representaban la suma total de la vida de su madre.

Muy poco.

Había metido en las cajas el resto de las posesiones de Jilly, la ropa de su madre y de ella, más respetable, la había llevado a una tienda de caridad. En esos momentos, los hombres de una empresa de mudanzas se estaban llevando los muebles a un almacén donde iban a quedar guardados por si Jilly regresaba a Inglaterra y los necesitaba.

¡Eso si su hermana se dignaba a aparecer algún día!

Cleo se había casado el día anterior y había hecho un tiempo espléndido, soleado y cálido. Ella iba a volver al día siguiente a Italia e iba a pasar la noche en el hotel del aeropuerto. Pronto, muy pronto, volvería a ver a Cesare.

Se animó al momento. Le había echado mucho de menos. Mientras estaba en la villa, había hablado con él un par de veces a la semana.

Sirvió unas tazas de té para los hombres de las mudanzas y las puso en una bandeja. Cesare había puesto a su nombre una cuenta bancaria, algo sumamente generoso por su parte ya que aún no estaban casados.

Pero Filomena ya se había recuperado; al menos, eso le había dicho la anciana cuando la llamó dos días atrás. Ya había emprendido la remodelación de una parte del jardín y estaba deseando que ella volviera a la villa para que la ayudara. ¡Lo que significaba que Cesare no tardaría en anunciar su compromiso matrimonial!

Apoyándose en el mostrador de la cocina con expresión de ensoñación mientras los tres hombres de la empresa de transportes bajaban el viejo sofá por las escaleras, Milly se imaginó a sí misma camino del altar con un fabuloso vestido blanco...

–¡Milly!

Se puso tensa. Contuvo la respiración. El corazón empezó a latirle con fuerza.

Sólo un hombre pronunciaba su nombre como si fuera especial. Sólo la voz de un hombre la hacía temblar de placer.

¡Cesare!

Salió de la cocina corriendo, empezó a bajar las escaleras y se arrojó a los brazos de él con un grito de absoluto placer. Luego, casi se mareó con el beso que Cesare le dio.

–Te necesito, *cara* –anunció él con ronca convicción.

Después, la agarró por los brazos y la miró detenidamente.

–*Bella, bella*. ¡Eres perfecta! –los ojos de Cesare se pasearon por el elegante traje de chaqueta de lino color limón pálido que ella había elegido para viajar–. Sabes elegir cuando la falta de dinero no te limita la elección.

Milly enrojeció. No quería que Cesare la creyera una aprovechada, nunca.

Pero el traje había costado un dineral y Cleo había tenido que convencerla:

–Tienes que comprarlo. ¡Te sienta de maravilla!

Además, el dinero que Cesare había puesto en la cuenta bancaria para ella era una exageración.

–Cleo y yo pasamos un día en Londres antes de su boda –confesó Milly–. Fui a la peluquería a que me cortaran el pelo.

Por lo que también había pagado una pequeña fortuna.

–También compré algunas cosas. No muchas, te lo aseguro –añadió Milly incómoda.

–Mi amor... –Cesare le dio un beso en la boca y luego sonrió–. Lo mío es tuyo. Cuando nos casemos, tendrás lo mejor de lo mejor. Lo exijo.

Cesare se hizo a un lado cuando uno de los hombres de la mudanza empezó a bajar las escaleras con una alfombra enrollada al hombro.

–¡Hemos encontrado el té! –dijo el de la mudanza guiñándole el ojo.

–¿Cuándo van a acabar? –preguntó Cesare.

–Ya estamos terminado –respondió el hombre.

Cesare se miró el reloj.

–Tienen cinco minutos, máximo.

Después de que el hombre asintiera, Cesare volvió su atención de nuevo a ella.

–¿Lista para partir?

–Sí, sólo tengo que recoger mi maleta –una nueva que había comprado.

Milly subió las escaleras apresuradamente mientras se preguntaba por qué tanta prisa. ¿Sería porque Cesare estaba deseando estar a solas con ella? El corazón le latió con más fuerza.

Cesare le agarró la maleta en el momento en que ella llegó al pie de la escalera. Mientras cerraba con llave la puerta de la calle y echaba hacia dentro la llave a través de la rendija del correo con el fin de que el casero la recogiera, Milly sonrió al hombre que iba a ser su marido.

–No te esperaba. Me alegro de que hayas venido.

–Nonna me dijo que volvías mañana en avión

al aeropuerto de Pisa. He hecho una interrupción en mi itinerario con la esperanza de encontrarte aquí. Una limusina nos va a llevar al aeropuerto, allí tomaremos el avión de la empresa que nos llevará a Italia.

–¡Dios mío! Desde luego, sabes cómo impresionar a una chica –Milly le sonrió traviesamente, sintiéndose inmensamente privilegiada.

Pero Cesare no le devolvió la sonrisa. Su expresión era seria.

–¿Ocurre algo? ¿Está peor Filomena?

–No, mi abuela está bien –Cesare la tomó del brazo y la guió hacia la limusina–. Tu hermana está localizada. Trabaja en Nápoles. Voy a llevarte allí para que la veas.

–No comprendo por qué no podemos ir a verla ahora –dijo Milly cuando Cesare salió del cuarto de baño de la suite del hotel secándose el pelo con una toalla.

Milly se apartó del enorme ventanal del cuarto de estar de la suite desde el que había contemplado el crepúsculo de la maravillosa ciudad de Nápoles.

–Será mejor ir a verla por la mañana –dijo Cesare dejando la toalla.

Milly suspiró. Cesare, con el pelo mojado, la camiseta negra y unos pantalones ocre, estaba guapísimo. Contuvo el deseo de arrojarse a sus brazos y olvidarse de todo porque necesitaba hacer una observación lógica.

–Mañana por la mañana estará trabajando.

–Está trabajando ahora –Cesare se acercó a ella y le acarició la mejilla–. Tu hermana se ha cambiado de nombre, ahora se la conoce por el de Jacinta Le Bouchard, y trabaja como bailarina exótica y encargada en la clase de club nocturno al que no me gustaría que te acercaras nunca.

A Milly se le encogió el corazón. Lo de «encargada» había sido un eufemismo, a juzgar por la mueca de desaprobación de Cesare. Pero no podía creer que su hermana se hubiera visto reducida a vender su cuerpo... ¿o sí?

–Lo siento, cariño –Cesare la abrazó y le acarició el cabello–. Si hubiera podido haberte ahorrado esto, lo habría hecho. Sé que te preocupas por ella y haré todo lo posible por buscarle otro empleo, uno más sano; es decir, siempre que ella esté dispuesta a cambiar de estilo dc vida.

Cesare la apartó de sí.

–Y ahora, dúchate y cámbiate de ropa. Pediré que nos sirvan la cena aquí y luego te haré olvidar todo. ¿De acuerdo?

Los oscuros ojos de Cesare brillaron de ternura y el amor que ella sentía por él era desbordante. Por ella, Cesare estaba dispuesto a olvidarse de llevar a Jilly a juicio e incluso ofrecerle un trabajo.

–Te amo –y le dio un breve beso en los labios.

–Vete antes de que pierda la cabeza –contestó Cesare.

Y mientras Milly se dirigía al dormitorio y al cuarto de baño adyacente, le oyó añadir a sus espaldas:

–Y no tardes un siglo en ducharte, cielo. No soy un hombre paciente.

La paciencia era una virtud que escaseaba últimamente, pensó Milly saliendo del baño tras una ducha vertiginosa. En el dormitorio, abrió la maleta y sonrió cuando sus dedos tocaron la suave seda.

¡Perfecto!

El camisón de seda negro era irresistible. Lo había comprado en Londres, en la sección dedicada a «luna de miel» de una tienda. Y aunque no era su luna de miel, nada le impedía ponérselo.

La seda marcaba todas sus curvas sutilmente. Después, sacó la bata que hacía juego con el camisón y también se la puso.

Orgullosa de sí misma, abrió la puerta y salió al cuarto de estar. Cesare estaba de pie junto al ventanal observando la ciudad, las manos en los bolsillos de los pantalones. Era tan guapo que la dejó sin respiración.

Cuando empezó a avanzar hacia él, Cesare se volvió y, mientras la observaba, sonrió.

–¡Vaya, has envuelto el regalo! –Cesare le salió al encuentro y, tomándole ambas manos, la mantuvo apartada de sí para contemplarla de arriba abajo con un brillo de deseo en los ojos.

Milly se sonrojó visiblemente.

Cesare le acarició la cintura y luego la estrechó contra sí.

–Se me ha quitado el hambre –le confió él con voz ronca, al oído–. No obstante, vamos a hacer un esfuerzo, ¿te parece?

Cesare le besó la mandíbula y a Milly le temblaron las piernas.

–La espera añade interés, ¿no crees? –añadió Cesare.

Milly se dejó guiar hacia el rincón donde había una mesa baja y un sofá tapizado.

Servilletas blancas, cubertería de plata, elegantes copas de cristal, champán en una cubeta de hielo, marisco, ensalada y pasta. Milly no podía pensar en comida, la tensión sexual le había cerrado la boca del estómago. Imposible tragar.

Cesare le ofreció una copa de espumeante champán y ella se relajó un momento... hasta que la rodilla de él le rozó la suya, haciéndola sentir como si una corriente eléctrica le hubiera corrido todo el cuerpo.

¡Lo deseaba desesperadamente!

Temblando, dejó la copa en la mesa en el momento en que Cesare alzó una cadera para sacar del bolsillo del pantalón un estuche de terciopelo.

Depositó el estuche en la mano de ella.

–Para ti, mi amor. Ábrelo.

Se sostuvieron la mirada durante unos momentos. Milly vio amor en la mirada de él.

Abrió el estuche y lanzó una queda exclamación.

La esmeralda cuadrada y montada sencillamente en oro era espectacular. Unos dedos morenos sacaron el anillo del estuche y se lo pusieron en el dedo.

–¡Para mí! –los verdes ojos de Milly brillaron como la esmeralda al mirarlo.

–No recuerdo haberle pedido a nadie más que se case conmigo. Y esto... –Cesare sacó también del estuche una cadena de oro que ella, tan ensimismada con la esmeralda, no había notado–. Será mejor que lleves el anillo colgado del cuello con la cadena hasta que le digamos a Nonna que vamos a casarnos. Pero llévalo puesto con la cadena, por favor.

Aún perpleja, Milly no captó el significado de las palabras de Cesare.

–No te comprendo. Mañana vamos a volver a la villa, ¿no?

–Lo siento, pero no. Como te dije en Inglaterra, he interrumpido mi itinerario para traerte aquí. Mañana por la tarde tú tomarás un vuelo a Pisa, Stefano te recogerá en el aeropuerto y te llevará a la villa. Yo, sin embargo, voy a ir a Londres. Tengo que reunirme con unos ejecutivos del negocio de las piedras preciosas y también con un par de diseñadores.

Una profunda desilusión la embargó. Había esperado volver a la villa juntos y darle la noticia a Filomena, y empezar con los preparativos de la boda.

Pero el sentido común prevaleció. No debía comportarse como una niña mimada a quien se la había privado de su juguete favorito. Cesare era un hombre de negocios y tenía que atenderlos. Y Filomena tenía que estar recuperada por completo antes de empezar a preparar la boda.

Milly alzó su copa.

–¡Por el noviazgo secreto más largo de la historia!

–No tan largo, te lo prometo –respondió él sombríamente.

Y Milly no supo cómo interpretar el cambio de actitud. No obstante, decidió no pensar en ello, agarró el tenedor y comenzó a comer.

Cesare la imitó y pronto estuvieron charlando con normalidad. Hasta que ella se inclinó hacia delante para pinchar con el tenedor un trozo de langosta y se le abrió la bata mostrando sus pechos.

Cesare lo notó y le hizo ver que lo había notado. Dejó el tenedor, murmuró algo en italiano, se puso en pie, la hizo levantarse y le dijo con voz ronca:

–¡No puedo aguantar más!

Y la llevó al dormitorio.

Por primera vez aquella mañana, mientras recorrían en coche las estrechas calles de aquella zona de la ciudad, Milly estaba nerviosa respecto al inminente encuentro con su hermana.

Había despertado sintiéndose maravillosa, saciada y completamente relajada después de una noche realmente inolvidable. Cesare le había llevado el desayuno a la cama en una bandeja. Zumo, café, tostadas y rodajas finas de jamón.

Él, cubierto sólo con unos calzoncillos, había desayunado con ella. Le había acariciado un hombro desnudo y comentado:

–Eres irresistible. No pudo dejar de tocarte.

–Y yo no quiero que lo hagas –le había confesado ella con voz ronca.

Apartaron la bandeja. Cesare la tumbó en la cama y, con desinhibida pasión, habían vuelto a hacer el amor.

Más tarde, se habían duchado juntos, con predecibles resultados. El cuerpo aún le ardía al recordar.

Había seguido en una nube mientras se vestía y Cesare hacía unas llamadas telefónicas desde el cuarto de estar de la suite.

Pero ahora, el difícil encuentro que iba a tener con su hermana le había producido una considerable angustia.

Cesare entrelazó los dedos con los de ella en el asiento posterior del automóvil.

–No te preocupes, *cara*. Y no dejes que te líe ni te creas las posibles mentiras que se invente. Limítate a contarle lo de tu madre, dile que tengo pruebas irrefutables de que robó el dinero de mi abuela, y deja que me encargue yo del resto. Te prometo que no meteré a la policía en esto.

Milly apoyó la cabeza en el hombro de Cesare.

–No sabes cómo te lo agradezco. Soy consciente de que se merece un castigo, pero...

–Pero es tu hermana gemela, ya lo sé –concluyó Cesare–. Lo comprendo, te lo aseguro. Aunque dudo mucho que ella tenga hacia ti sentimientos recíprocos.

Antes de que Milly pudiera protestar, Cesare anunció:

–Bueno, ya hemos llegado.

Aparcaron delante de un establecimiento con la pintura de la puerta de madera desconchada y un escaparate exhibiendo fotos de mujeres semidesnudas en posturas sugestivas, los nombres de las mujeres al pie de las fotos. Jacinta Le Bouchard era uno de los nombres que destacaban en el escaparate.

Cesare le abrió la puerta del coche antes de dirigirle unas palabras al conductor.

–Vamos –le dijo Cesare poniéndole una mano en el codo. Y la condujo a un callejón que hacía esquina con el club–. Os dejaré solas, pero máximo de veinte minutos a media hora; luego, vendré a recogerte. El conductor nos llevará al aeropuerto. Allí, tomarás el vuelo a Pisa. Yo saldré para Londres después que tú.

Cesare le soltó el codo, la tensión endureció su perfil. La hizo sentirse incómoda.

–Gracias –contestó Milly.

De repente, sin saber por qué, sintió como si acabara de abrirse un abismo entre ambos. Le pareció que Cesara se estaba distanciando de ella a propósito. ¿Acaso la forma como su hermana se estaba ganando la vida le hacía dudar respecto a casarse con ella? ¿Temía que el nombre de su familia fuera manchado?

No quería ni pensarlo.

Siguiéndolo, subió una pequeña escalinata de piedra a medio derrumbar, cruzó la puerta de una casa y entró en un estrecho corredor.

En la primera puerta había una tarjeta con un nombre, *Jacinta Le Bouchard,* escrito con tinta morada. Cesare pulsó el timbre.

El rostro de Cesare mostró absoluto desdén cuando Jilly abrió la puerta vestida con un kimono estampado con dragones de brillantes colores. Al verlos, Jilly abrió la boca con expresión de horror.

Cesare le lanzó una indescifrable mirada y Milly palideció. Al momento, lo vio darse la vuelta y alejarse por donde habían venido.

–¿Qué estás haciendo aquí con ese sinvergüenza?

Milly se volvió a su hermana. En su rostro veía rastros de maquillaje de la noche anterior.

–¿Puedo entrar?

Jilly se dio media vuelta y cruzó un arco con cortinas de cuentas. Milly la siguió, dejando la puerta de la casa abierta, preguntándose por qué Cesare la había mirado así, como si fuera la última persona a quien quisiera ver en el mundo.

Por fin, recuperó la compostura, cruzó la cortina de cuentas y entró en una estancia que hacía las veces de cuarto de estar, dormitorio y cocina. Había ropa por todas partes.

–Lo siento, pero tengo malas noticias –dijo Milly por fin mientras su hermana se sentaba en la cama.

–Pues cuanto antes lo sueltes mejor –respondió Jilly encogiéndose de hombros.

–Mamá murió hace unas semanas. Fue de repente. Intenté ponerme en contacto contigo, pero no sabía dónde estabas. No volviste a llamar desde que saliste de Florencia.

Jilly palideció y se quedó muy quieta, como si quisiera contener la emoción.

–¿Y cómo es que me has encontrado? –preguntó Jilly por fin–. ¿Cómo has conocido a ese desgraciado?

Milly, perpleja, le espetó:

–¿Es eso lo único que se te ocurre decir? ¿No sientes nada por la muerte de mamá? ¿Es que no te importa?

Milly se quedó mirando a Jilly. La hermana a quien había querido y admirado se había convertido en una extraña.

Jilly encogió los hombros.

–¡Claro que me importa! ¡No te pongas tan digna conmigo! De todos modos, mamá tampoco tenía muchos motivos para vivir, ¿no?

–¿Y de quién era la culpa? –Milly tuvo ganas de estrangular a su hermana–. Al menos, murió pensando que algún día recuperarías el dinero que perdiste. Tenía fe en ti.

–Lo intenté –se defendió Jilly.

Milly retiró la ropa de una silla y se sentó porque le temblaban las piernas.

–¿Cómo? ¿Robando? –continuó Milly, incapaz de contenerse.

–¿Qué has dicho? –Jilly la miró como si ella también sintiera ganas de estrangular a su hermana.

Milly respiró profundamente. Con la calma de que fue capaz, le contó todo lo que había ocurrido desde la aparición de Cesare en Inglaterra.

–Se ha portado muy bien –concluyó Milly–. Tiene pruebas irrefutables de que falsificaste los cheques, pero no te va a denunciar.

Los ojos se le llenaron de lágrimas.

–Oh, Jilly... ¿cómo pudiste hacer semejante cosa? ¡Estoy muy preocupada por ti!

–Ese sinvergüenza te tiene atontada.

–¿Qué quieres decir? –Milly miró a su hermana y tembló.

–Creo que lo sabes perfectamente. Si no lo sabes, es que eres más tonta de lo que pensaba.

Jilly agarró un cigarrillo, lo encendió y aspiró profundamente antes de continuar.

–¿Ese anillo que llevas te lo ha dado él? ¿Ya se ha acostado contigo?

Jilly la vio enrojecer al instante.

–Lo imaginaba –continuó su hermana–. Así que corta el sermón. De acuerdo, le quité dinero a la vieja, ¿y qué? Está forrada.

Jilly se puso en pie y se paseó por la habitación. Luego, se detuvo delante de Milly y anunció con amargura:

–Le robé después de que Cesare me dejara plantada cuando le dije que me había dejado embarazada. ¡Necesitaba el dinero!

Capítulo 13

MILLY sintió náuseas. No podía ser. No debía haber oído bien.

–¿Estás embarazada? ¿Vas a tener un hijo de Cesare? –preguntó con voz apenas audible.

–Iba a tenerlo –le corrigió Jilly con un suspiro–. Tuve un aborto natural. Al principio del embarazo, tuve muchos problemas, lo pasé muy mal... por eso no fui a Inglaterra. Habría sido avergonzante para mamá tener una hija soltera embarazada. Ya sabes cómo era mamá para esas cosas.

Milly se frotó las sienes con las yemas de los dedos. La estancia empezó a dar vueltas mientras un zumbido le martilleaba los oídos. No había imaginado que aquel encuentro iba a ser tan difícil.

Se sobresaltó al sentir la mano de Jilly en el hombro. Sacudió la cabeza cuando su hermana le preguntó:

–¿Quieres un coñac, pequeña?

¡Ella no era pequeña!, pensó Milly con rebeldía. Y Cesare no era la clase de hombre que daría la espalda a su propio hijo. ¡Iba a ser su marido! Confiaba en él.

–Vamos a casarnos. ¡Y no creo nada de lo que me has dicho! –exclamó Milly instintivamente.

Pero se encogió cuando su hermana contestó.

–¿Sí? Sí, claro que vas a casarte con él. A mí también me hizo creer que iba a ser su esposa.

Jilly apartó una silla de la mesa y se sentó al lado de su hermana.

–Escucha, Milly, comprendo que no puedas creerlo. Pero... ¿no he cuidado siempre de ti?

–¿Cómo cuidaste de mí cuando me dejaste a cargo de la casa y de mamá cuando perdiste todo el dinero de ella? Por supuesto, no digo que me pese haber cuidado de mamá, pero podías haber escrito o haber llamado, podías habernos dicho lo que estabas haciendo –el ataque era la mejor defensa. Además, se negaba a seguir escuchando más mentiras.

Porque estaba segura de que eran mentiras. Y se habría marchado de allí, pero el temblor de las piernas se lo impedía.

–Tenía mis motivos, ¿de acuerdo? Escucha, estaba trabajando en un club de Florencia y, de repente, veo aparecer a este hombre increíble con otro tipo. Todas las chicas tenían los ojos fijos en él, es difícil ignorarlo. Creo que me quedé colada por él en ese mismo momento. Pregunté quién era y me enteré de que era el dueño del imperio Saracino. Dio la casualidad de que vi un anuncio solicitando una dama de compañía para su abuela. Me presenté y me eligieron. Me di cuenta de que él estaba interesado en mí, esas cosas se notan. La cosa continuó. Su abuela me dijo que él apenas paraba en casa, pero lo hizo, y fue por mí. Y tengo que reconocer que es un amante fantástico. ¡Insaciable! Me juró que me amaba, me pidió que me casara con él... Incluso me dio un anillo.

Su hermana le agarró la mano y examinó la esmeralda. Sus ojos se convirtieron en dos rendijas de envidia.

–Sí, el mismo. Lo dejé olvidado. Me lo habría quedado, lo habría vendido y no habría tenido que robar a la vieja, pero lo llevé a tasar y me dijeron que era falso. ¡Igual que él! Por supuesto, no se me permitía lucirlo en público. Él quería retrasar decirle a su abuela que iba a casarse con una extranjera.

Jilly tensó la mandíbula como si estuviera conteniendo la emoción.

–Y si no me crees, ve y dile lo que te he contado. Por supuesto, lo va a negar. Yo estaba profundamente enamorada de él y me creí todas las mentiras que me contó. Incluso pensé que, una vez que estuviera casada, podría devolverle a mamá todo el dinero que le debía. Milly, enfréntate a la verdad, no se va a casar contigo. El día que lo haga, será con una mujer también rica.

Milly se quedó mirando a su hermana con expresión de absoluta angustia mientras asimilaba el veneno de sus palabras. No quería creerlas, pero...

¿Por qué iba Jilly a mentir? ¿Qué iba a ganar

con ello? ¿Por qué iba a inventarse lo del embarazo? Tenía más sentido reconocer que lo que había dicho era la pura verdad.

Embarazada y abandonada por el hombre con el que creía que iba a casarse, desesperada hasta el punto de robar lo que consideraba que él le debía. Eso no disculpaba el robo, pero sí lo explicaba.

Una náusea la embargó, oyó la voz de Jilly como de muy lejos.

–Escucha, Milly, hazme caso y déjale antes de que te deje él a ti. Ahórrate esa humillación. Escapa antes de que vuelva por ti. Vuelve a casa, que es donde deberías estar.

Jilly se puso en pie, se acercó a la cama y sacó de debajo de la almohada unos billetes. Después, volvió a su lado.

–Mira, incluso te prestaré dinero para que tomes un taxi y te vayas al aeropuerto directamente. ¡Y no digas que no te cuido!

Milly sacudió la cabeza y, con gran esfuerzo, se puso en pie, ignorando el dinero que le ofrecía su hermana. Después, respiró profundamente y enderezó los hombros.

–Somos hermanas gemelas. Ninguna de las dos haría daño a la otra a propósito. Por lo tanto, ¿prometes que todo lo que has dicho es verdad?

–¿Acaso dudas de mí? –los verdes ojos de su hermana mostraron incredulidad–. ¿Te mentiría yo sobre algo tan serio? Escucha, Milly...

Jilly fue a abrazarla, pero Milly se apartó de su hermana.

–En fin, hazme caso y márchate de aquí antes de ponerte más en ridículo –concluyó Jilly.

Milly se dio media vuelta con la espalda rígida. Cesare le había dicho que iba a darle media hora con su hermana, pero... ¿estaría esperándola en el coche aun sabiendo que Jilly le iba a contar la verdad? ¿O le había dicho al conductor del coche que se marchara, dejándola ahí tirada?

Al salir al callejón, decidió que prefería que se hubiera marchado. Era mejor encontrarse en una ciudad desconocida sin hablar el idioma a ver aquel hermoso y cruel rostro una vez más.

La sorpresa que se llevó al ver que Cesare se había ido fue reemplazada por cólera. Si le volviera a ver le estrangularía.

Ciega de ira y con un dolor indescriptible, salió a la calle principal y se chocó con un hombre.

De repente, unos fuertes brazos la rodearon.

–*Cara*...

Milly dio un salto hacia atrás, con voz ahogada le dijo lo que pensaba de él.

–¡Y no me toques, sinvergüenza! ¡No quiero volverte a ver en la vida!

¡Y no estaba dispuesta a meterse en ese coche con él! Iría al hotel andando si no quedaba otro remedio y recogería sus cosas.

Pero vio una oportunidad cuando un jovencito con un patinete se interpuso entre Cesare y ella.

Al momento, se metió en el coche corriendo mientras Cesare decía algo al conductor en italiano que ella no comprendió, y cerró la portezuela.

–¡Al hotel, *pronto*! –exclamó con la esperanza de que el conductor la entendiera y que Cesare no se montara en el coche.

Se recostó en el asiento cuando el vehículo se puso en marcha y Cesare, volviéndose bruscamente, se dirigió hacia la casa de Jilly con la espalda muy rígida.

Cesare salió del hotel a la velocidad del rayo, se subió al coche y ordenó al conductor que lo llevara al aeropuerto lo más rápidamente posible.

Milly no le había esperado. Tensó la mandíbula. ¿Había esperado que lo hiciera? Después de la confesión que había forzado de Jilly, reconoció con amargura que habría sido un milagro que Milly le hubiera esperado.

Según la recepcionista del hotel, Milly se había dirigido al aeropuerto para tomar el primer avión que la llevara a Londres. Y ese vuelo salía en quince minutos.

Los siete kilómetros al aeropuerto se le hicieron eternos. Incluso si por un milagro el vuelo se retrasaba y él pudiera dar alcance a Milly, tenía que convencerla de que su hermana le había mentido.

Se miró el reloj. Llegaron al aeropuerto justo

en el momento en que el avión de Milly despegaba.

Frustrado, pero nunca dándose por vencido, Cesare empezó a pensar en el paso siguiente. Su avión privado iba a salir destino a Londres en una hora. Llegaría justo después que ella. Pero no tenía idea de dónde iría Milly, ya que había dejado el piso. No obstante, podía localizar a la amiga que acababa de casarse y, a través de ella, localizar a Milly, el amor de su vida.

Cesare y el conductor del coche la vieron simultáneamente. Una mujer delgada en la zona de salidas. Cesare rezó de gratitud.

Se la veía perdida.

Salió del coche a toda prisa. El corazón le latía de amor. Se fue acercando. La vio alzar la cabeza y habría jurado ver un brillo de alivio en sus verdes ojos.

Quería estrecharla en sus brazos, sentirla contra su pecho, no soltarla jamás. Pero la situación era demasiado delicada para ello. Recuperar su confianza era lo primero.

Los estrechos hombros de ella se enderezaron.

–No sabía si te encontraría en el hotel –anunció ella con evidente alivio–. Pensé que, aunque volviera al hotel, no serviría de nada porque lo más seguro era que tú ya te hubieras marchado.

–Te he encontrado yo, *cara mia*. Y de no encontrarte aquí, habría dado la vuelta al mundo con tal de encontrarte.

Milly lo miró a los ojos, la fuerza de la emoción que vio en ellos la dejó hechizada. Por fin, le confió con voz temblorosa:

–Iba a volver a Inglaterra, pero al llegar aquí, me di cuenta de repente que, de ser cierto lo que Jilly me ha dicho, tú no habrías intentado localizarla y mucho menos me habrías llevado a verla y me habrías dejado a solas con ella.

Las mejillas de Milly se tornaron encarnadas.

Le costó controlar el impulso de abrazarla y regarle a besos, pero se vio recompensado cuando ella dijo con angustia:

–Te he insultado. Perdí la confianza en ti... Ni siquiera me molesté en darte la oportunidad de negar lo que ella había dicho respecto a estar embarazada de tu hijo... La creí como siempre la he creído. Lo siento.

Milly bajó la cabeza. Entonces, él la rodeó con sus brazos y la estrechó contra sí.

–*¡Per amor di Dio!* Ahora sí me crees, y eso es lo importante –le murmuró él junto a los labios–. He obligado a tu hermana a contarme lo que te ha dicho y admito que, al principio, me enfureció que hubieras decidido creer sus mentiras. Pero luego, pensándolo bien, reconocí que debía haber sido muy convincente; además, tú estabas en una situación vulnerable. ¡Te juro por lo que más quieras que jamás he tocado a tu hermana! Te juro que quiero que seas mi esposa, que te amo de verdad. Te amo más que a nada en el mundo. ¿Me crees?

–¡Sí! –el corazón de Milly rebosaba amor.

Ella le rodeó el cuello con los brazos y se besaron. Milly lo amaba con locura y casi le había perdido.

Por fin, Cesare la condujo al coche, que estaba esperando, y ordenó al conductor que recogiera el equipaje que había dejado olvidado.

Cuando el conductor volvió, Cesare le dio unas rápidas instrucciones y, una vez dentro del vehículo, se pusieron en marcha.

Cesare sacó un teléfono móvil del bolsillo de la chaqueta y habló en italiano, la mano que tenía libre aferrando la de ella con gesto posesivo.

En el momento en que cortó la comunicación, Milly le preguntó:

–Vamos los dos a Londres.

–Cambio de planes. El piloto está preparando el avión para llevarnos a Florencia. Vamos a casa a darle la noticia a Nonna. ¡Y si tengo que atarla para que no se lance a preparar la boda, la ataré! Mi ayudante personal presidirá la reunión de Londres. De ahora en adelante, siempre estaremos juntos –Cesare le rodeó los hombros con un brazo, atrayéndola hacia sí–. Las semanas que he estado separado de ti han sido un tormento. Pero ha sido necesario, con el fin de asegurarme de que todos los directivos de mis empresas conocieran mis planes.

–¿Qué planes? –murmuró Milly antes de que él la besara en los labios brevemente.

–Estar contigo. Pasar la mayor parte del tiempo contigo y con los hijos que tengamos.

El siguiente beso fue espectacular. Milly estaba completamente desorientada cuando llegaron a la pista de aterrizaje privada donde el avión de la empresa los estaba esperando.

Una vez acoplados en el avión, Cesare anunció:

–Por cierto, esta mañana, en el hotel, mientras te vestías, hice unas llamadas telefónicas a Nueva York y lo he arreglado todo para que tu hermana trabaje de recepcionista en uno de nuestros hoteles. Mi agente se pondrá en contacto con ella para darle instrucciones y los billetes de avión. Y antes de que dudes de mis buenas intenciones, teniendo en cuenta cómo se ha portado, te aseguro que lo he hecho por ti, no por ella. Sé que te hará feliz que tu hermana se gane la vida de una forma algo más decente. Y lo que yo quiero es que seas feliz. Así que no se te ocurra pensar que lo he hecho por ella o...

–¡No, no, te juro que no! –le aseguró Milly, amándolo aún más por su generosidad hacia una mujer que lo único que le había dado eran problemas–. Pero... hubo un momento en el que dudé de tu amor, y fue antes de que Jilly me contara aquella sarta de mentiras.

–¿Cuándo?

–Cuando llegamos al lugar donde vive. Me pareció que, de repente, te distanciaste de mí. Me dio la impresión de que te avergonzabas de mí, o que dudabas de que, en el fondo, no fuera igual que mi hermana.

–¡No digas eso en la vida! ¡Te lo prohíbo! –Cesare le puso un dedo debajo de la barbilla y la miró fijamente a los ojos–. Por primera vez en mi vida tuve miedo. Me aterrorizó la idea de que tu hermana pudiera decir algo que nos separase para siempre. Me dio miedo de que te pusiera en contra mía, teniendo en cuenta la unión tan fuerte que ha habido entre vosotras dos. No, Milly, no es que me estuviera alejando de ti, es simplemente que tenía miedo.

–¡Cesare! –dijo ella con voz temblorosa.

Que ese hombre la amara tanto la enterneció indescriptiblemente. Le rodeó el cuello con los brazos y le susurró:

–Bésame.

Y él la besó con absoluta entrega y entusiasmo.

Un poco más de un año después, Milly dejó al pequeño Carlo en la cuna mientras María, la niñera que Cesare había insistido en llevar con ellos a la villa de Amalfi, echaba las cortinas.

Milly sonrió al mirar a su hijo. Sólo tenía tres meses y ya se parecía a su padre, que lo adoraba. ¡Ella no podía ser más feliz! Su vida, con ese extraordinario marido que tenía, era maravillosa.

Nonna la había recibido en el seno familiar con

los brazos abiertos, y ahora, después de haberle dado un biznieto, se desvivía. La única nube en su vida se había disipado al recibir una inesperada carta de Jilly en la que ésta se disculpaba por las mentiras que le había contado, confesando la verdad. En la carta decía que Cesare jamás había estado interesado en ella y que la envidia era el motivo por el que había mentido. Concluía la carta con la noticia de su matrimonio con Teddy Myerburg III, un tipo estupendo. Jilly sentía no haberla invitado a la boda, pero pensaba que era demasiado pronto para olvidar lo ocurrido. Esperaba que la visitara algún día.

Milly le había dado la carta a Cesare para que la leyera. Cuando lo hizo, lo vio tensar la mandíbula al ver la foto de Jilly y su marido el día de la boda.

–Myerburg es un hombre con dinero. Lo conocí en Nueva York. Es un hombre decente. Su primera mujer murió y, al parecer, le costó bastante tiempo recuperarse de la pérdida. Quizá sea algo mayor para tu hermana, pero... –Cesare le había devuelto la carta–. En cuanto a perdonarla, supongo que tú ya lo has hecho. Podríamos invitarlos al bautizo de nuestro tercer hijo, si tenemos un tercer hijo y cuando lo tengamos.

Cesare le había dedicado una traviesa sonrisa.

Milly pensó que no le importaría no volver a ver a su hermana, le bastaba con saber que se encontraba bien.

Lanzando una última mirada a su hijo que dormía, salió del cuarto del niño y se encontró con Cesare. Iba con el bañador y el cuerpo mojados. Estaba tan guapo como para derretirla.

–Estaba en la piscina –aclaró él innecesariamente–. ¿Se ha dormido ya? Siento no haber venido antes para darle un beso.

–No te preocupes, seguro que te perdona.

–Lo siento. Es la primera vez que se me olvida venir a acostarle –Cesare le puso una mano en la cintura y, con la otra, empezó a desabrocharle los diminutos botones del vestido violeta–. La verdad es que estaba pensando en ti, por eso me he distraído. Quítate esto y te enterarás de lo que estaba pensando.

–Tengo una idea mejor –contestó ella al tiempo que, tomándole la mano, le llevaba a su dormitorio–. Todavía faltan dos horas para la cena. Creo que tenemos tiempo suficiente, ¿no te parece?

–Algo justo, pero suficiente –comentó él con voz ronca mientras le quitaba el vestido y empezaba a desabrocharle el sujetador–. ¿Sabes que te adoro?

–Sí. Lo mismo que yo a ti –respondió ella con voz espesa.

Y ambos se dispusieron a demostrarse su mutuo amor.